Dans l'ombre du désir

JEANIE LONDON

Dans l'ombre du désir

COLLECTION *Audace*

éditions Harlequin

Cet ouvrage a été publié en langue anglaise
sous le titre :
OVER THE EDGE

Traduction française de
FRANCINE MAIGNE

HARLEQUIN®

est une marque déposée du Groupe Harlequin
et Audace® est une marque déposée d'Harlequin S.A.

© 2003, Jeanie LeGendre. © 2005, Traduction française : Harlequin S.A.
83-85, boulevard Vincent-Auriol, 75013 PARIS — Tél. : 01 42 16 63 63
Service Lectrices — Tél. : 01 45 82 47 47
ISBN 2-280-17455-3 — ISSN 1639-2949

Prologue

Le baiser. Dix ans plus tôt.

Les mouvements de l'inconnue étaient fluides et langoureux, comme ceux d'une parade amoureuse. Les courbes douces de son corps épousaient la corde dont elle se servait pour descendre lentement le long du mur, tel un alpiniste. Elle était entièrement vêtue de noir, depuis le masque qui recouvrait son visage, jusqu'à ses bottes de cuir souple. Stupéfié par cette vision, Jack Trinity s'arrêta juste à la porte qui séparait les bureaux des entrepôts. Parvenue au bas de la corde, la jeune femme sauta sur le sol avec la grâce et l'agilité d'un chat. Jack demeurait bouche bée. Bon sang, cette inconnue lui faisait un effet d'enfer ! A force de la regarder, il remarqua qu'elle se mouvait avec une extrême précision, zigzaguant entre les nombreuses portes de l'entrepôt, afin d'éviter les zones à infrarouges. Le bâtiment semblait vide. Jack se dit que le veilleur de nuit qui lui avait ouvert la porte, quelques instants plus tôt, devait avoir l'habitude de s'absenter, tant il avait confiance dans le système de sécurité dernier cri d'Innovative Engineering, qui incluait toutes sortes d'alarmes, des barrières de barbelés ainsi que des portes et des fenêtres blindées.

Jack connaissait tout ça par cœur. Il venait de faire un stage de deux ans chez Innovative Engineering, la plus importante société de matériel électronique de la côte est. Il s'était mis en tête de tout apprendre de cette société dans laquelle il avait l'intention de faire carrière, tout en terminant ses études. Ce soir, il était juste passé prendre quelques dossiers afin de pouvoir continuer à travailler sur le projet qu'il préparait pour son nouveau patron, le président de la compagnie.

Soudain, il se rappela les paroles que son père avait prononcées, quelques instants plus tôt, alors qu'il quittait la maison.

En général, les étudiants passent leur week-end avec leur petite amie ; ils jouent au golf ou ils regardent des matchs de football à la télé. Le tout dans cet ordre.

S'il avait écouté son père, il ne serait pas là, en train d'assister en direct à un cambriolage. Bon, ce voleur-là ne devrait pas présenter trop de problèmes. Ou plutôt, cette voleuse. Cela dit, Jack ne pouvait croire qu'elle opérait seule. Caché dans l'ombre de la porte, il continua de l'observer, tandis qu'elle pianotait sur un tableau de bord, afin de neutraliser les faisceaux infrarouges. Il la détailla de la tête aux pieds, afin d'avoir un maximum d'indices à fournir à la police. En admettant, bien sûr, que les complices de cette sublime acrobate lui laissent la vie sauve...

Un mètre soixante-dix environ, des jambes longues... longues... Un corps tout en courbes... Et des mouvements si fluides, si langoureux que Jack ne pouvait s'empêcher de penser au sexe...

8

Aussitôt, il écarta cette pensée. Pourquoi une femme aussi jeune — pas plus de vingt ans, il en aurait juré — avait-elle pénétré par effraction dans un entrepôt commercial où étaient stockés des appareils électriques dont la valeur totale s'élevait à vingt millions de dollars, et où se trouvait également une chambre forte recelant plusieurs prototypes de valeur inestimable ?

Jack n'eut pas le temps de répondre à cette question car, soudain, l'inconnue se retourna et regarda droit dans sa direction. Comment avait-elle pu détecter sa présence ? Un instant plus tôt, elle lui tournait le dos, et il n'avait pas fait le moindre geste. Il avait même pris soin de retenir son souffle !

Le masque noir qui recouvrait son visage ne laissait apparaître que ses yeux vert très clair. De toute évidence, elle était surprise de le trouver là. Elle releva légèrement le menton. Jack fit un pas dans le couloir, s'attendant à ce que la jeune femme s'enfuie en courant. Il la rattraperait, et s'occuperait de ses complices plus tard…

Mais elle se contenta de lever un doigt ganté devant sa bouche pour l'inciter à se taire, et se dirigea droit vers lui. Visiblement, sa présence ne la perturbait pas, et Jack songea que cela en disait long sur la confiance qu'elle avait en elle-même et aussi sur ses capacités. Car il était nettement plus grand qu'elle, et plus musclé !

Il observa ses mains. Aucune arme. Il attendit qu'elle l'eût rejoint, sans pouvoir s'empêcher d'admirer les mouvements gracieux de son corps sublime. Elle ne montrait aucune panique ni aucune violence. Il eut la sensation qu'elle le provoquait. Quel serait son prochain geste ?

Jack n'était plus sûr de rien, mis à part que les complices de la belle ne devaient pas être loin. Il se demanda ce qu'elle allait faire. Comme elle approchait toujours, il la scruta. Ses yeux verts étaient encore plus clairs qu'il ne l'avait cru au départ, et semblaient luire dans l'obscurité, comme ceux d'un chat.

Elle ne prononça pas une seule parole, et se contenta de le défier du regard.

Il l'observa encore plus attentivement. Elle n'était pas encore à sa portée. Encore quelques pas, et il pourrait lui bondir dessus et l'immobiliser avant même qu'elle ne s'en rende compte. Soutenant son regard, il se raidit, prêt à l'action.

D'un mouvement souple, elle s'approcha de lui, tout en soulevant le bas de son masque. Un éclair de peau d'une blancheur d'ivoire, un petit menton pointu et la vision d'une bouche plus que désirable le stoppèrent net. Même s'il ne voyait qu'une infime partie de son visage, cet adorable spectacle le troubla profondément. Pourtant, la partie de son cerveau qui fonctionnait encore de façon rationnelle nota aussitôt que la belle inconnue ne se découvrait pas suffisamment pour qu'il puisse la décrire à la police.

Ce fut sa dernière pensée, avant qu'elle noue ses doigts finement gantés de cuir autour de son cou, qu'elle se hausse sur la pointe des pieds… et l'embrasse.

Sa bouche humide se colla à la sienne, puis s'écarta légèrement. Leurs souffles se mêlèrent. Jack haletait, et l'inconnue émit un léger rire. Il sentit qu'il allait perdre tout discernement… Bon sang ! Il devait arrêter cette voleuse et prévenir la police !

Cette pensée s'évanouit à l'instant même où il sentit la langue de la belle cambrioleuse s'insinuer dans sa bouche et lui offrir un baiser si torride qu'il en perdit toute raison. De ses doigts gantés, elle caressa son visage, et plaqua son

10

corps contre le sien. Il sentit ses seins fermes contre son torse et, aussitôt, son bas-ventre s'enflamma en une superbe érection… qui n'aurait jamais dû naître, étant donné les circonstances.

Tout en elle le mettait au défi de prendre ce qu'elle lui offrait. Jack sentit un désir presque animal s'emparer de lui. Instinctivement, il posa ses mains sur le visage de l'inconnue, et plongea, lui aussi, la langue dans sa bouche.

Le désir brûlant qu'il ressentait lui faisait tout oublier… Y compris les caméras de surveillance qui enregistraient chaque seconde de ce baiser torride.

1.

Mallory Hunt avait bien l'intention de s'occuper de Jack Trinity. A cause de lui, son père s'était retrouvé en prison, et elle dans une famille d'accueil. Sans parler des complices de son père, qui avaient été forcés de prendre leur retraite. Tout ça à cause d'un stupide baiser.

Stupide mais torride… D'accord. Sinon, elle ne s'en souviendrait pas, dix ans après… Bien sûr, elle n'avait pas évoqué cet instant d'intimité avec son père.

— Tu as bien entendu, papa ? Jack Trinity m'a contactée. Pour un boulot.

Oui, l'homme avec qui elle avait échangé ce baiser si sensuel venait de resurgir dans sa vie, et lui demandait de tout laisser tomber pour collaborer avec lui. Oh, pour ça, elle allait collaborer ! Et de très près !

Mais elle ne comptait pas révéler toutes ses intentions à son père, même s'il ignorait que c'était à Trinity qu'il devait toutes ses années de prison.

Non, elle s'occuperait elle-même de Jack. Et elle allait lui faire regretter l'instant où il avait actionné l'alarme silencieuse, faisant ainsi basculer plusieurs existences.

Elle avait déjà tout prévu. Trinity allait payer pour le mensonge que son père avait dû faire au tribunal. Un mensonge pour la sauver, elle !

Oui, son plan était parfait. Mais il était hors de question que son père s'en mêle ou qu'il se fasse son cinéma. Ces derniers temps, il était obsédé par l'idée qu'elle trouve un mari. Apparemment, il avait envie de la voir installée dans une jolie maison avec un jardin bordé d'une clôture à piquets blancs, et il voyait Jack Trinity comme un candidat potentiel.

Non, son père n'avait pas besoin de savoir que ce boulot représentait pour elle bien plus que ce qu'il semblait être. Ce qui signifiait qu'elle ne répondrait plus à aucune de ses questions.

Tentant de détourner la conversation, elle planta son regard dans le sien.

— Comment tu te sens, aujourd'hui, papa ?

— En pleine forme, fillette, répondit-il en levant les yeux au ciel.

La jeune femme sourit. Son père et elle étaient encordés, et ils devaient continuer l'ascension de la façade, même s'il ne s'agissait que d'une séance d'entraînement dans le gymnase de leur bonne vieille ville d'Atlanta.

— Prête ?

Mallory acquiesça d'un simple sourire. Même si son père était encore en pleine forme, et toujours aussi séduisant, elle ne pouvait ignorer qu'il approchait de la soixantaine.

Duke Hunt avait toujours été bel homme, et les femmes se retournaient sans cesse sur son passage. Quand elles n'étaient pas plus entreprenantes...

Aujourd'hui, ses cheveux commençaient à grisonner, et de fines rides plissaient ses yeux. Pourtant, en dépit de ces

14

— Bon, espérons qu'il t'offre un challenge motivant. Je suis certain que tu aimerais découvrir des failles dans son système, pas vrai ?

Aucun doute là-dessus.

Tout en écoutant la voix confiante de son père, Mallory songea que même le plus perfectionné des systèmes de sécurité offrirait toujours une défaillance. N'importe quel cambrioleur intelligent, n'importe quel expert en sécurité, comme son père et elle, trouverait une faille et la contournerait. Jack Trinity pouvait bien être un concepteur hors pair et le fondateur de cette excellente compagnie de sécurité, il n'était pas plus fiable que les systèmes de sécurité qu'il concevait.

Et Mallory avait bien l'intention de le lui prouver.

— Lance est-il rentré chez lui, hier soir ? demanda-t-elle, désireuse de changer de sujet.

— Comment se fait-il que tu sois au courant ?

— Paul m'a appelée sur mon portable, hier soir. Il voulait savoir si Lance était entré en contact avec moi.

— C'est le cas ?

— Non.

Duke fronça les sourcils, et Mallory comprit qu'il s'inquiétait pour le fils de son vieil ami, qui n'avait que dix-sept ans. Paul Polish avait fait partie de l'équipe de Duke bien avant sa naissance, elle le savait. Il était, en quelque sorte, devenu un membre de sa famille. Aujourd'hui encore, les deux hommes étaient très proches. Mallory aurait bien aimé que Lance la contacte. Dans le passé, ils avaient été comme frère et sœur, car Paul avait pris la jeune fille en charge quand son père s'était retrouvé en prison.

— Bon, ne t'inquiète pas, ma chérie. Paul a promis de m'appeler dès qu'il aurait des nouvelles de Lance.

— Très bien. Tiens-moi au courant, OK ?

Comment ne pas se faire de souci pour Lance ? L'adorable petit garçon s'était transformé en un adolescent rebelle, et tout le monde s'inquiétait pour lui.

— Compte là-dessus, fillette. Et toi, fais-moi savoir si tu acceptes la proposition de Trinity.

— Hum, j'avoue que j'hésite beaucoup. Je me demande si ce ne serait pas lui faire trop d'honneur.

Son père se mit à rire.

— Opale avait raison. Tu deviens effrontée, ma fille !

— Ça t'étonne ? J'ai eu un bon professeur, tu sais.

Après tout, elle avait toutes les raisons d'être fière de son travail.

— Fais attention, Mallory. L'arrogance a causé la chute de beaucoup d'hommes. Et les femmes ne font pas exception à la règle.

— C'est pour ça que tu as collé Opale dans mon dos ? Tu as peur qu'il m'arrive quelque chose ?

Opale avait également fait partie de l'équipe de Duke pendant de nombreuses années, et elle avait quasiment servi de mère à Mallory. Elle lui avait apporté cette stabilité que les trop nombreuses petites amies de son père étaient incapables de lui donner. Elle avait atteint la cinquantaine, mais, grâce à la chirurgie esthétique, elle paraissait dix bonnes années de moins.

La mère naturelle de Mallory était partie un jour pour jouer dans un spectacle de Las Vegas, ce qu'elle considérait comme une simple étape sur la route de la célébrité. Malheureusement, la vie ne s'était pas montrée clémente envers elle : la jeune femme s'était tuée dans un accident de voiture, entre Vegas et Hollywood.

— Je n'ai pas peur que tes affaires périclitent, fillette, et je n'ai pas chargé Opale de t'espionner, comme tu as l'air de le croire. Elle est juste là pour t'aider dans tes tâches administratives.

— Et aussi pour te renseigner sur mes clients.

— Mmm… En tout cas, je préférerais te voir exercer un autre métier.

— Papa, le boulot d'expert en sécurité est passionnant. Et très rentable, ce qui ne gâte rien.

— Mais enfin, tu collabores avec les forces de l'ordre ! Il t'arrive même d'être convoquée au tribunal comme expert, justement !

— Ça fait partie du job.

Bon, elle aurait pu reconnaître que le fait de collaborer avec Jack Trinity n'avait rien de très… naturel, compte tenu des circonstances. Mais son père n'avait pas besoin de savoir qu'elle était bouleversée à l'idée de revoir l'homme qui hantait sa mémoire depuis ces dix dernières années. A l'époque de leur rencontre, elle n'avait que seize ans, et elle avait été totalement séduite par le jeune homme qui avait surgi inopinément, au beau milieu de leur cambriolage. Tellement séduite qu'elle s'était approchée de lui… Chaque détail était encore gravé dans sa mémoire…

Le cambriolage avait été méticuleusement préparé. Tout était réglé comme une horloge suisse, jusqu'à ce qu'un séduisant jeune homme, qui n'aurait jamais dû se trouver là, fasse son apparition, alors que Mallory était censée assurer la sortie de l'équipe. Elle aurait dû disparaître aussitôt, et aller prévenir Paul. C'était ça, leur plan B. Ils en avaient toujours eu un. Paul disait en permanence que sortir d'un bâtiment était aussi périlleux qu'y entrer. Pourtant, elle n'avait rien fait de ce qui était prévu. Au lieu de cela, elle s'était avancée vers le bel inconnu, en espérant le retenir assez longtemps pour permettre à son père de terminer le travail. Dire qu'il n'en avait plus que pour une minute trente !

Elle avait presque réussi.

Presque, seulement.

Jack Trinity avait quand même eu le temps d'actionner l'alarme silencieuse. Un détail qui avait changé leurs vies pour toujours.

Au moment où la police était arrivée sur les lieux, chaque membre de l'équipe avait quitté l'immeuble. Excepté Duke. Il lui avait menti, ensuite, en prétendant que c'était lui qui avait commis une erreur et actionné l'alarme. Elle ne l'avait pas cru. Pas plus que ses complices, d'ailleurs. Duke Hunt ne commettait pas ce genre d'erreur. Simplement, il avait tout fait pour qu'elle ne se sente pas coupable d'avoir ignoré le plan B. Il ne voulait pas qu'elle se croie responsable de son séjour en prison ni du fait que toute l'équipe avait été obligée de raccrocher.

Mais ce mensonge avait blessé Mallory. Elle avait souffert en voyant son père menotté, et en découvrant que le monde dans lequel elle vivait n'était absolument pas *normal*, comme elle l'avait cru, jusque-là.

A seize ans, elle avait été abasourdie par cette brusque révélation. Elle était la fille chérie de Duke Hunt, celle qu'il adorait par-dessus tout, et elle avait toujours pensé que cet amour était plus important que tout, quel que soit le monde dans lequel ils vivaient.

Les années passant, elle avait compris que le monde, justement, n'était pas aussi manichéen que les gens bien-pensants se plaisaient à le dire. Le monde était un endroit

20

imprévisible où la frontière entre le bien et le mal pouvait être trouble. Où, parfois, ceux qui semblaient être du mauvais côté de la barrière pouvaient se révéler bien plus généreux, bien plus chaleureux que les autres.

Certes, son éducation n'avait pas été conventionnelle, mais, les cambriolages mis à part, elle n'avait pas non plus été complètement catastrophique. C'était bien cette éducation qui l'avait amenée à changer de vie. Son père disait que quatre années passées en prison après vingt-cinq ans de cambriolages, ça n'était pas très cher payé, finalement. Ce qui ne l'avait pas empêché de faire promettre à sa fille et à ses anciens complices de se ranger et de mener une vie stable. Grâce à son sens aigu des affaires et à sa prévoyance, il avait pu leur fournir à tous les moyens d'y parvenir. Aujourd'hui, Paul possédait un salon de tatouage, et Eddie Gibb était prêteur sur gages. Quant à Opale, elle avait dépensé sa part de gâteau dans l'achat d'une coquette maison. Elle était employée chez Eddie et, durant ses heures de liberté, elle aidait Mallory, qui, pour l'instant, travaillait seule de chez elle, avec un ordinateur, un fax et un téléphone.

Finalement, la vie avait été clémente, songea Mallory.

A l'époque, mis à part son père, personne n'avait été inquiété. Mais elle s'en voulait encore tellement !

Jack Trinity avait eu un impact dramatique sur sa vie, et elle n'avait jamais décidé quel sentiment elle éprouvait réellement pour lui. Le détestait-elle, malgré l'attirance indéniable et profondément troublante qu'elle éprouvait pour lui ?

Le fait qu'ils soient amenés à travailler ensemble allait sûrement l'aider à clarifier la situation.

2.

Jack estimait que Mallory Hunt lui était redevable, et que le moment était venu pour elle de payer ses dettes. Il gara sa voiture de sport devant chez elle, et regarda la pendule sur son tableau de bord.

10 h 57.

Trois minutes pour monter l'escalier, et il serait parfaitement à l'heure pour leur rendez-vous.

Il attrapa son attaché-case, et s'apprêta à sortir de son 4x4. Au même instant, une décapotable noire le dépassa en trombe, la queue-de-cheval de la conductrice volant au vent. Vivement, il referma sa portière, alors que la jeune femme s'arrêtait quelques mètres plus loin, dans un crissement de pneus.

Mallory Hunt.

Jack connaissait son nom. En fait, grâce à ses recherches, il connaissait même pas mal de choses sur elle. Pourtant, il n'avait encore jamais vu son visage.

Même s'il avait ignoré son adresse, il aurait su, d'instinct, que cette femme était celle qui l'avait embrassée si passionnément, dix ans plus tôt. Oh oui, il aurait reconnu cette femme entre mille. En sa présence, son corps réagissait d'une façon toute particulière, et elle était la seule à lui avoir jamais fait éprouver ces sensations.

Soudain, la portière de la décapotable s'ouvrit. Un pied finement chaussé toucha le trottoir et, tandis que Mallory sortait de la voiture, le regard de Jack remonta le long de ses jambes, magnifiquement mises en valeur par un short.

Elle était aussi mince et délicate que dans son souvenir, mais les similitudes s'arrêtaient là. La combinaison noire qu'elle portait, dix ans plus tôt, ne révélait pas ses courbes aussi bien que son short kaki très court et son mini T-shirt le faisaient aujourd'hui. Le petit morceau de coton dévoilait sa taille fine et moulait parfaitement ses seins. Jack déglutit en l'admirant.

Elle avait attaché ses cheveux en une queue-de-cheval qui lui descendait jusqu'au milieu du dos. D'un geste souple, qui rappela à Jack les mouvements si sensuels qu'il avait admirés, cette fameuse nuit, elle referma la portière de sa voiture. Puis, elle se tourna vers lui…

Il s'arrêta de respirer.

Dix ans s'étaient écoulés, depuis qu'il avait croisé cette femme. Elle n'était entrée dans sa vie que durant quelques minutes, mais y avait laissé une empreinte qui ne s'était pas effacée, malgré les années écoulées.

Il sentit son souffle lui brûler la poitrine, tandis qu'elle fixait sur lui ses magnifiques yeux verts.

Des yeux qui le hantaient depuis dix ans.

Des yeux qui lui rappelaient leur baiser.

Se souvenait-elle de lui ? Se souvenait-elle de cet instant ?

A la façon dont elle s'approcha, il eut l'impression que oui.

Après leur rencontre accidentelle lors de cette fameuse nuit, il s'était efforcé de découvrir qui elle était. En avait-elle fait autant ? Impossible de prévoir ce qu'une femme comme Mallory Hunt allait faire, parce qu'elle ne ressemblait à aucune autre. Et des années d'études dans les plus prestigieuses écoles privées ne vous apprenait rien sur le milieu des cambrioleurs. Mallory Hunt demeurait une énigme pour lui.

Jack se secoua et claqua la portière de son 4x4. Cette femme lui avait déjà fait tourner la tête une fois, dans le passé, et sa vie en avait été chamboulée. N'avait-il pas commis une imprudence en la contactant ? Si, probablement, mais cela lui avait semblé la seule chose logique à faire.

Le dernier système de sécurité qu'il venait de mettre au point avait tout pour propulser sa firme au rang des meilleures. Trinity Security Service employait une équipe d'ingénieurs de haut niveau, mais ces derniers ne pouvaient apprécier son matériel que d'un point de vue… d'ingénieurs. Or, sa rencontre avec Mallory Hunt, dix ans plus tôt, lui avait appris une chose : nul n'était mieux placé qu'un voleur pour tester un système de sécurité.

Ou une voleuse.

Une vilaine fille.

Elle s'approcha de lui et lui tendit la main.

— Eh bien, vous me donnez l'impression d'avoir grandi, Jack Trinity.

Il ne l'avait encore jamais entendue parler, et sa voix s'insinua en lui, encore plus sensuelle qu'il ne l'avait imaginée. Une voix terriblement sexy… Mais pourquoi tout, en elle, lui faisait-il penser au sexe ?

— Vous aussi.

Voilà, la situation était claire. Ils s'étaient reconnus. Ils étaient à égalité.

— Etes-vous toujours aussi ponctuel ?

— Oui.

Il supposa que c'était une qualité essentielle pour une voleuse, mais s'abstint de tout commentaire.

Elle glissa soudain la main dans la sienne, et il éprouva aussitôt une incroyable sensation de chaleur. Bon sang, en tant qu'ingénieur, il en connaissait un rayon sur les transmissions électriques. Pourtant, en cet instant, il avait l'impression que ce léger contact avec Mallory produisait en lui des étincelles. Exactement comme autrefois.

Il crut voir passer une lueur de surprise dans les yeux de la jeune femme. Lui-même aurait voulu conserver un air détaché, professionnel, mais il s'en sentait incapable. Bien au contraire, il avait envie de porter la main de Mallory à ses lèvres et de déposer un baiser sur sa peau si douce, bien qu'un geste aussi stupidement romantique n'eût, certes, pas sa place dans un rendez-vous professionnel.

La jeune femme ne sembla pas remarquer les sensations qui s'emparaient de lui, et elle se contenta de lui serrer la main.

— Je ne devrais pas m'approcher autant, dit-elle. Je transpire comme une folle !

Jack se mit à rire. Contrairement à ce qu'elle pensait, il aurait aimé la serrer tout contre lui, et plonger le nez dans son cou.

— Vous arrivez d'une séance d'entraînement ?

— En quelque sorte. Venez.

Agitant ses clés dans le creux de sa main, elle le conduisit jusqu'à sa porte, tandis qu'il s'efforçait de ne pas trop observer ses cuisses.

26

Il n'était peut-être plus le jeune homme qui avait eu une puissante érection rien qu'en embrassant cette adorable voleuse, mais les sensations qu'il éprouvait en présence de Mallory Hunt étaient toujours aussi puissantes. Bon, il fallait qu'il se reprenne. Surtout s'ils devaient travailler ensemble.

Enfin, si elle acceptait le boulot, une fois qu'il lui en aurait décrit les conditions, plutôt inhabituelles.

Mais, tout compte fait, elle lui devait bien ça.

Elle sortit une télécommande de son sac, et la dirigea vers la porte. Quel système une experte en sécurité comme elle pouvait bien utiliser pour protéger son sanctuaire ? se demanda Jack. Elle connaissait tout ce qui se faisait de mieux sur le marché, et son appartement devait être aussi bien gardé que Fort Knox.

Un coup d'œil à l'intérieur lui révéla un autre talent de Mallory : le goût. Jack ne connaissait rien en décoration, mais il savait reconnaître la classe et l'élégance. Et cet appartement était extrêmement élégant. Elegant et douillet, avec ses murs peints en jaune et sa moquette moelleuse.

Suivant la jeune femme dans le vestibule, Jack jeta un coup d'œil aux livres posés sur la table basse devant le canapé, et aux partitions disséminées sur le piano à queue installé dans un coin de la pièce, entre deux baies vitrées. Une tasse ornée d'une empreinte de rouge à lèvres traînait sur une étagère, comme si Mallory avait avalé en vitesse une dernière gorgée de café, juste avant de sortir.

Jack ne s'attendait pas à un décor comme celui-là, de la part d'une cambrioleuse, même si elle était, maintenant, passée du bon côté de la barrière.

Elle posa ses clés, et accrocha son sac à un portemanteau. Son mouvement attira le regard de Jack sur le fin coton qui recouvrait ses seins. Elle se tourna vers lui et suivit son regard.

— Ça vous ennuie si je me prépare pendant que nous parlons ? J'ai un autre rendez-vous, après.

Jack secoua la tête. Il n'était pas étonné que Mallory se comporte de façon si inhabituelle. Avec elle, rien n'était prévisible ni ordinaire. Et puis, de toute façon, peu lui importait la façon dont se déroulait l'entretien, du moment qu'il parvenait à ses fins.

La jeune femme se dirigea vers le salon et disparut de sa vue.

— Attendez un instant... Je vais reprendre votre proposition... J'ai noté quelques questions que je souhaiterais vous poser.

— Je pense que nous pouvons arriver à un arrangement qui nous satisfera tous les deux.

— Je le pense aussi, répondit Mallory en revenant vers lui.

Elle lui souriait. Mais il ne s'agissait pas d'une attitude professionnelle. C'était un sourire qui le rendait carrément dingue. Ciel ! Il était venu à ce rendez-vous pour parler affaires, pour convaincre cette femme d'accepter les termes quelque peu inhabituels de sa proposition. Il ne s'était pas préparé à ce torrent de sensualité.

— Venez ! lança-t-elle en lui désignant l'escalier.

Incapable de penser de façon rationnelle, il se contenta de la suivre, tandis qu'elle se dirigeait vers...

— Votre chambre ?

Elle se contenta d'acquiescer de la tête, tout en parcourant son dossier.

D'accord. Un rendez-vous professionnel dans une chambre à coucher. Après tout, il ne savait pas du tout ce qui l'attendait en venant ici…

La chambre était aussi vaste qu'une salle de réunion. Les larges baies vitrées donnaient sur un jardin plein de magnolias.

L'ameublement était contemporain, élégant, minimaliste. Et le lit…

Une armature d'étain, un édredon de soie aux reflets chatoyants et des oreillers assortis.

— Votre dossier détaille les particularités de votre système, n'est-ce pas ? demanda la jeune femme qui allait et venait dans la pièce.

— Oui.

Où allait-il s'installer pour lui présenter ses documents ? Sur le lit ? A peine cette idée lui avait-elle effleuré l'esprit que Mallory disparut dans la pièce adjacente.

Une salle de bains ?

Jack se pencha en avant, et jeta un coup d'œil dans l'autre pièce. Il vit la jeune femme poser son dossier sur le lavabo, puis retirer l'élastique de ses cheveux. Ensuite, elle secoua la tête et passa les doigts dans ses cheveux qui semblaient luire sous la lumière.

Il retint son souffle. Il commençait à se faire une idée de ce que Mallory appelait « se préparer ». Il savait pertinemment qu'elle était en train de le tester. Elle essayait peut-être même de le choquer. Le tout était de savoir pourquoi.

— Vous voulez que nous parlions affaires dans votre salle de bains ?

Elle lui jeta un coup d'œil par-dessus son épaule.

— Seriez-vous capable de le supporter ?

Zut. Dix ans plus tôt, il aurait dû l'arrêter et déclencher l'alarme. Longtemps, il avait regretté de ne pas l'avoir fait. Parce que cette rencontre avait complètement perturbé sa vie.

Lorsqu'il croisa son regard, il y lut un défi. Et il sentit son corps répondre exactement de la même façon que la première fois.

Le tout était de savoir jusqu'où irait Mallory.

— Je suis sûr que j'apprécierais.

Elle sourit, reconnaissant silencieusement qu'il avait parfaitement relevé le gant. Puis elle disparut de nouveau.

Jack inspira profondément, s'exhorta au calme, puis se dirigea vers elle.

La salle de bains était aussi bien décorée que le reste de l'appartement. Elle comportait un lavabo double et, dans le coin, une douche à jets multiples.

Il faillit lui demander si elle souhaitait qu'ils discutent pendant qu'elle prenait sa douche, mais, lorsqu'il la vit prendre des serviettes propres dans le placard, il sut qu'il connaissait déjà la réponse.

Pourvu qu'il puisse aller jusqu'au bout de cet entretien !

Aucune femme ne l'avait jamais troublé à ce point. Bon sang, Mallory Hunt était toujours aussi audacieuse ! Bien sûr, les circonstances particulières de sa vie expliquaient quelques aspects de sa personnalité, mais certainement pas tous.

Elle posa les serviettes, et leva les bras pour retirer son T-shirt. Jack n'était plus capable de respirer ni de penser. Il se contenta de croiser les bras sur sa poitrine et de paraître complètement indifférent à la vue de ses superbes seins qui surgissaient d'un soutien-gorge de coton blanc.

— J'ai lu votre proposition, Jack, dit-elle d'une voix calme, comme si le fait de se déshabiller devant un homme qu'elle n'avait rencontré qu'une fois dans sa vie avait été la chose la plus naturelle du monde.

» C'était plutôt direct, poursuivit-elle. Ce que vous voulez, c'est que je repère les défauts de votre nouveau système… Comment s'appelle-t-il, déjà ?

— Le Sentex 2000.

Elle lança son T-shirt dans la corbeille à linge, puis se pencha pour retirer ses baskets.

— Exact. Le Sentex 2000. Vous l'avez déjà testé ?

— J'ai installé quelques exemplaires chez des clients. Je l'expose à divers scénarios.

— Bonne idée.

Elle ôta délicatement une chaussette, et Jack découvrit son pied délicat aux ongles vernis de rouge.

— Je suppose que vous connaissez mon mode opératoire, Jack.

Faire un strip-tease à ses clients potentiels jusqu'à ce qu'ils deviennent complètement gagas et acquiescent à toutes ses propositions ?

— Vous essayez d'infiltrer le système, répondit-il, tout en essayant de garder l'air détaché, tandis qu'elle déboutonnait son short et se dandinait pour le faire glisser sur ses hanches.

— Je n'essaye pas.

— Je vous demande pardon ?

Elle se pencha en avant pour retirer complètement son short, et lui jeta un coup d'œil à travers ses longues mèches de cheveux.

— Je n'essaye pas. J'infiltre votre système. Ensuite, je vous dis où sont les failles.

— Vous procédez toujours de cette façon ?

Elle se redressa, et lui sourit. Il avait beau tout faire pour essayer de se concentrer sur son visage, il ne pouvait s'empêcher de contempler son corps aux courbes si parfaites. Ses seins fermes étaient emprisonnés dans son soutien-gorge blanc, ses longs cheveux caressaient sa taille fine, et il brûlait d'envie de poser la main sur ses hanches.

Il déglutit.

Et sentit son érection grandir dans son pantalon.

— Croyez-vous vraiment en un système de sécurité infaillible, Jack ?

— En fait, non.

— Parfait. Parce que je déteste décevoir mes clients.

— Je ne crois pas que vous puissiez décevoir qui que ce soit, mademoiselle Hunt, si vous donnez tous vos rendez-vous dans votre salle de bains. En fait, c'est peut-être ce qui explique vos résultats impressionnants.

— Je vous en prie, appelez-moi Mallory. Pour votre gouverne, je ne dois mes références qu'à mon talent.

De quel « talent » parlait-elle exactement ?

En tout cas, son strip-tease était parfait.

Elle tourna le dos pour ouvrir les robinets de la douche. Jack posa les mains de chaque côté du lavabo. Il sentait le sang battre contre ses tempes.

Pour un homme qui n'avait pas couché avec une femme depuis… Il réfléchit un instant. Bon sang, ça faisait trop longtemps qu'il n'avait pas eu de liaison ! Pas étonnant qu'il se sente aussi troublé.

Mais pourquoi diable Mallory Hunt lui faisait-elle tout ce cinéma ?

— Voulez-vous que nous parlions des détails ?

32

Mallory se retourna vers lui, et passa les mains dans son dos, essayant de dégrafer son soutien-gorge…

Enfin, il s'ouvrit, et Jack découvrit ses seins pleins, magnifiques, dont les tétons roses dressés lui révélèrent qu'il n'était pas le seul à être troublé.

Il aurait dû se sentir flatté ou, au moins, conforté dans son désir. Mais ce n'était pas le cas. Au lieu de cela, il se cramponna au lavabo, tandis que Mallory jetait son soutien-gorge dans le panier à linge.

— Il y a quelques conditions dont il faut que nous discutions avant de trouver un arrangement, dit Jack, surpris d'avoir pu parler à peu près normalement. Mais je vous en prie, posez-moi d'abord vos questions.

Mallory inclina doucement la tête sur le côté, puis se pencha de nouveau. Cette fois, elle retira sa petite culotte. Ses seins pendaient lourdement, et sa chevelure cascada devant elle comme une étole de soie noire, offrant à Jack une vue terriblement… motivante.

Puis elle se redressa. Elle était complètement nue.

Jack inspira profondément. Elle allait le rendre dingue.

— Je vais hausser la voix, afin que vous puissiez m'entendre, malgré le bruit de l'eau.

Aucun problème, du moment que c'était elle qui menait la conversation. Car, de son côté, il n'était même plus sûr de pouvoir prononcer un mot. Cela faisait bien trop longtemps qu'il n'avait couché avec une femme. Bon sang, il fallait qu'il se trouve une petite amie ! Il était stupide d'avoir négligé ses besoins profonds, au point d'être quasiment prêt à perdre tout contrôle devant une beauté nue qui faisait tout pour le réduire à sa merci. C'était la première fois qu'il se trouvait dans un tel état.

Un instant, il eut envie de la mettre au défi. Mais, de toute évidence, elle avait un plan. Et mieux valait ne rien faire avant de l'avoir découvert.

Cette femme était pire que le feu, et il s'était déjà brûlé les ailes à cause d'elle.

— D'accord, Jack. Voilà le deal. Vous choisissez la propriété dans laquelle vous avez installé le système de sécurité que vous considérez comme le plus fiable. Moi, je fais mes recherches, je trouve les faiblesses de votre système, et je vous les démontre en pénétrant dans les lieux. Après quoi je vous fais un rapport, pour que vous puissiez corriger vos erreurs.

Sur ces mots, elle pénétra dans la cabine de douche.

— D'accord, dit-il. Je choisis l'endroit, et nous y pénétrons ensemble pour que vous puissiez me montrer comment vous procédez.

Il vit qu'elle marquait un temps d'arrêt, et en éprouva une pointe de satisfaction. Il avait réussi à la surprendre.

Elle ne répondit rien, mais il l'entendit rire.

Il se contenta d'attendre, tout en admirant, à travers la vitre dépolie, le spectacle un peu lointain de cette femme nue, en train de se faire un shampooing. Lui qui essayait toujours de prévoir ce qui allait se passer, lors de ses rendez-vous, devait bien reconnaître qu'il ne s'attendait pas à une telle séance dans une salle de bains.

— Je travaille seule, Jack, dit-elle, au bout de quelques instants.

— Ce n'était pas le cas, il y a dix ans.

— C'est vrai, mais les choses ont changé.

— Faites une exception.

— Pas question !

— J'insiste.

34

— Pourquoi ?

— Je ne vous fais pas confiance.

— C'est pourtant vous qui m'avez contactée, Jack !

— Exact. J'ai fait des recherches, et je suis arrivé à la conclusion que vous êtes la meilleure dans votre domaine. Néanmoins, je suis sûr que vos clients ignorent d'où vous tenez votre expérience.

— Je n'ai jamais cherché à dissimuler mon passé.

Décidément, Mallory Hunt avait réponse à tout. Elle était en train de retourner la situation en sa faveur, et Jack se demandait pourquoi elle se donnait autant de mal. Mais elle avait certainement une bonne raison pour se pavaner ainsi devant lui, et lui offrir la vision érotique d'une femme sublime en train de se savonner langoureusement sous la douche.

Jack se sentait excité au plus haut point, et parler affaires avec elle était la seule façon, pour lui, de rester concentré... sur son travail.

— Mallory, je veux vous engager pour infiltrer un prototype du Sentex 2000 qui est installé dans la propriété de l'un de mes clients. S'ils vous laissent agir, ce sera à ma demande. C'est donc ma réputation qui est en jeu. Vous devez comprendre que j'aie besoin d'une garantie.

— Je le comprends tout à fait. Mais j'ai bien peur que vous n'ayez aucune idée de la façon dont on infiltre un système de sécurité. Croyez-moi quand je vous dis que je n'ai besoin d'aucun spectateur.

Voilà, on y était ! Il n'avait plus qu'à se lancer.

— Je n'ai pas l'intention d'être un simple spectateur. Je veux participer. Dites-moi ce que je devrai faire, et je le ferai.

— Hum, je vois. Ce que vous voulez, c'est le manuel du parfait cambrioleur en une leçon.

— Exact.

Mallory prit un gant de toilette, et commença un nouveau numéro en se savonnant le cou et les épaules devant lui. Comment arrivait-il à se concentrer, alors que les souvenirs de leur ancienne étreinte se mêlaient à la vision de son corps nu ?

Il prit une profonde inspiration.

— Pourquoi voulez-vous participer à l'expédition, au juste ?

— Tout d'abord pour rassurer mes clients. Si je suis avec vous, je pourrai leur garantir que leurs intérêts seront protégés puisque je vous surveillerai personnellement.

— Et ensuite ?

— Je veux vous regarder opérer. Je veux profiter de votre expérience et en tenir compte dans l'élaboration de mes prochains systèmes.

Mallory continuait à se savonner. Le gant glissait sur son corps, et Jack ne put s'empêcher de remarquer ses tétons roses qui pointaient sous la mousse. Son érection commençait à le gêner sérieusement, et il changea de position.

— Et en ce qui concerne mes honoraires ?

Jack lui fit une proposition, bien plus élevée que la moyenne, et elle émit un sifflement.

— Est-ce que ça veut dire que vous acceptez le boulot ? demanda-t-il.

Bon sang, elle était en train de se savonner entre les cuisses !

— Pourquoi accepterais-je ? Vous venez de dire que vous ne me faisiez pas confiance !

Il brûlait d'envie de jouer cartes sur table avec elle. De lui avouer tout ce qu'elle lui devait.

Mallory Hunt ne pouvait pas imaginer qu'à cause d'elle, cette fameuse nuit, il avait perdu son boulot. Oui, il aurait dû actionner l'alarme silencieuse. Mais il ne l'avait pas fait. Il était bien trop chamboulé par son baiser. En même temps, il essayait de deviner pourquoi une femme aussi jeune et aussi sexy participait à un cambriolage. Et, par-dessus tout, il se refusait à envoyer cette belle inconnue en prison.

Pendant qu'il se torturait ainsi, le hasard était intervenu et avait pris la décision pour lui. Quelqu'un, vraisemblablement le vigile, avait actionné l'alarme. La police était arrivée et avait arrêté l'un des cambrioleurs. Mais pas sa ravissante apparition, comme il allait l'apprendre plus tard.

Le président de la compagnie avait refusé toute explication. Ce qu'il voulait, c'était un employé qui aurait fait passer les intérêts de sa firme en premier. Jack ne lui en avait pas voulu. Il comprenait.

Résultat : il avait perdu son emploi, et toute sa carrière en avait été affectée. Il n'avait plus d'avenir chez Innovative Engineering.

Comme son père jouait au golf avec le président de la société, les raisons de son renvoi n'avaient jamais figuré dans son dossier. Evidemment, Mallory Hunt ne connaissait pas tous les détails de l'affaire, et le moment semblait mal choisi pour les lui révéler.

N'empêche qu'aujourd'hui, il avait besoin de l'expérience de cette femme. Oui, mais il n'allait pas la supplier.

— Vous devriez accepter ma proposition car je suis sûr qu'il nous serait très profitable de travailler ensemble. Ma société est l'une des plus réputées du marché.

Voilà, rien que des arguments logiques. Professionnels.

Contre toute attente, Mallory acquiesça.

— D'accord. Ça me semble correct. Vous me versez des honoraires élevés, j'infiltre votre système, et je vous prends avec moi comme assistant.

Elle ouvrit la porte de la douche, et lui tendit la main.

Jack songea que la dernière chose à faire, en cet instant, était de toucher cette femme. Mais comment refuser de lui serrer la main pour conclure leur accord ?

Bien qu'il sentît son sexe dressé dans son pantalon, il s'efforça de garder une expression neutre, et s'approcha de la douche.

Il savait qu'il ne s'agissait pas d'une simple poignée de main. Elle le testait encore. Pour voir si elle pouvait le choquer ? Ou pour être plus près de lui afin de… De quoi ?

Il n'en savait rien. Ce qu'il savait, par contre, c'est qu'en cet instant, avec ses cheveux mouillés, il découvrait ses traits de façon bien plus précise qu'avant. Penchant la tête vers elle, il contempla son front parfait, ses pommettes saillantes, sa peau crémeuse, et éprouva pour cette femme un désir plus intense qu'il n'en avait jamais connu auparavant.

Soudain, elle leva son regard vers le sien. En dépit des gouttelettes d'eau accrochées à ses cils et de sa peau moite, le défi qu'il lisait dans ses yeux était le même que celui qu'il avait découvert, dix ans plus tôt.

Mais, cette fois, ce fut lui qui l'embrassa.

3.

Il savait déjà embrasser, dix ans plus tôt, mais Mallory dut reconnaître qu'il avait fait des progrès. Sa bouche avait pris possession de la sienne avec une telle passion qu'elle sentait une vague d'émotion monter en elle, tandis que les pointes de ses seins se dressaient.

Elle avait l'intention de charmer Jack jusqu'à lui faire perdre tout contrôle de lui-même. A présent, il était en train de l'embrasser, et ses mains caressaient son corps, mais il ne semblait pas, pour autant, avoir perdu la tête. Au contraire, il était en pleine possession de ses moyens. Comme s'il avait passé ces dix dernières années à préméditer ce baiser. Comme s'il avait eu l'intention d'en faire un moment unique et parfait.

Mission accomplie.

En cet instant si torride, elle se rappelait exactement pourquoi elle avait décidé d'embrasser Jack, dix ans plus tôt, au lieu de suivre le plan B. Oui, elle voulait faire gagner du temps à son père, mais elle avait aussi remarqué à quel point cet inconnu était séduisant. Après tout, l'embrasser était une manière comme une autre de le neutraliser... et de gagner quelques minutes.

Avec ses cheveux blond foncé, sa peau bronzée et son corps musclé, Jack lui faisait penser à un superbe lion. Il était plutôt grand, et ses épaules carrées donnaient une impression de solidité. Il se mouvait toujours avec aisance et fluidité, comme s'il maîtrisait en permanence chacun de ses membres.

Le séduisant jeune homme était devenu un mâle magnifique. Et elle ne s'attendait pas à réagir aussi passionnément à son baiser.

Des gouttelettes d'eau tiède glissaient de son visage et coulaient sur leurs lèvres. La saveur de leur premier baiser était enfouie depuis longtemps dans sa mémoire, mais, en cet instant, elle se rendait compte qu'elle ne l'avait jamais véritablement oublié.

Posant ses mains sur le torse de Jack, elle glissa ses doigts sous sa veste, caressant ses muscles, explorant son corps, comme si elle voulait le graver à jamais dans sa mémoire. Peu importait qu'elle soit nue et mouillée, alors que lui était encore vêtu.

Elle noua les doigts autour de sa cravate, et tira dessus, obligeant Jack à se pencher encore un peu plus vers elle, et à souder sa bouche à la sienne.

De ses doigts fermes il lui caressa la joue, puis sa gorge et, durant un instant, elle pensa qu'il allait descendre un peu plus bas et caresser ses seins. Ciel, comme elle avait envie de sentir ses mains sur sa poitrine !

Mais Jack continua à caresser délicatement son cou, traçant du bout des doigts des arabesques sur sa nuque, exaspérant son désir…

Mais que se passait-il ? Normalement, c'était elle qui avait un plan ! C'était elle qui avait décidé de réduire cet homme à sa merci. Pourtant, alors qu'elle était toujours nue devant lui et qu'il continuait à la caresser, la vengeance qu'elle avait si longuement mûrie semblait s'effacer devant la vague de désir qui la submergeait.

— Viens avec moi sous la douche, chuchota-t-elle, surprise elle-même par l'intensité rauque de sa voix.

— Je croyais que tu avais un autre rendez-vous, après le nôtre.

— J'ai menti.

A sa grande surprise, Jack se mit à rire.

— Pourquoi ?

— Pour pouvoir me mettre nue devant toi.

— Cesse de me taquiner, vilaine !

— Hm, est-ce que ça t'ennuie vraiment, Jack ? J'ai envie de voir ce dont tu es capable.

— Tu as surtout envie de voir jusqu'où tu peux me pousser.

— Tu crois que je bluffe ?

— Non.

Avant qu'elle comprenne de quoi il était exactement en train de parler, il vint poser la main sur son sein, et se mit à le caresser du bout des doigts. Aussitôt, elle sentit son téton se dresser et son souffle devenir plus court. Elle haleta, et Jack sourit.

Profitant de son avantage, il prit le téton entre son pouce et son index, et le titilla. Aussitôt, Mallory sentit une vague de chaleur entre ses cuisses, et ne put s'empêcher de gémir. Jack sourit de plus belle.

— Eh bien, on dirait que je ne suis pas le seul, ici, à découvrir mes limites ! dit-il d'une voix rauque.

De nouveau, il joua avec la pointe de son sein, et Mallory sentit son sexe se mouiller de plus en plus.

— Est-ce que tu mélanges toujours travail et plaisir ? lui demanda Jack

— Non, murmura-t-elle. Sauf si l'homme me plaît.

— Alors, je te plais ?

Elle se mit à rire, et tenta de se reprendre.

— Je suis surprise que tu me poses la question. N'oublie pas que je t'ai déjà embrassé, il y a dix ans. Tu t'en souviens ?

— Ce soir-là, je pensais que tu essayais de me tenir à distance ou de me distraire.

— C'était le cas. Mais je ne l'aurais jamais fait si je ne t'avais pas trouvé séduisant.

— Alors, qu'est-ce que tu souhaitais exactement ? Me distraire ? Me tenir à distance ?

Jack continuait à la caresser, et elle se sentait de plus en plus excitée.

— Les deux.

— Tu as réussi.

Elle fut ravie qu'il l'admette. Finalement, il n'était pas prétentieux, et n'avait pas besoin de mensonges pour flatter son ego.

— Est-ce que je te distrais, en ce moment ? demanda-t-elle d'un air mutin.

— Oui.

— Parfait.

— Et moi, je réussis à te tenir à distance ?

— Oui, mais je ne comprends pas pourquoi. Tu as envie de moi.

— Oui. Je l'avoue.

— Dans ce cas, pourquoi résister ?

— Je ne résiste pas. Simplement, je n'ai pas encore décidé d'accepter ta séduisante proposition. En fait, je me demande quel est ton but.

Les doigts toujours noués autour de sa cravate, elle le força à se baisser vers elle jusqu'à ce qu'elle puisse chuchoter à son oreille :

— L'orgasme.

L'effet de son aveu fut immédiat. Jack se mit à respirer de plus en plus fort, et son regard se troubla.

Elle avait envie de se coller contre lui, de sentir les battements de son cœur et ses muscles tendus contre sa peau nue. Elle voulait faire connaissance avec la superbe érection qui se dessinait dans son pantalon.

Mon Dieu, comme elle avait envie de lui !

Un peu trop, peut-être.

Relâchant sa cravate, elle le laissa reculer d'un pas et mettre un peu de distance entre eux.

— Pourquoi ne pas suivre tes envies, Jack ? Finissons ce que nous avons commencé il y a dix ans.

— Tu crois vraiment pouvoir mélanger travail et plaisir sans faire de dégâts ?

— Absolument.

Il plongea son regard dans le sien.

— Si je comprends bien, je suis comme un défi pour toi ?

— Pourquoi dis-tu ça ? Nous sommes attirés l'un par l'autre. Il y a une réelle alchimie entre nous. Après tout, nous sommes deux adultes consentants et libres de toute attache. As-tu quelque chose contre le fait de s'amuser ? Je crois que nous pourrions passer du bon temps ensemble.

— Tu as l'air bien sûre de toi ! Qu'est-ce qui te dit que je ne suis pas engagé dans une relation sérieuse ?

— Eh bien, disons que je me suis renseignée, puisque tu étais un client potentiel.

— Tu vas jusqu'à fouiller dans la vie privée de tes clients ?

— D'habitude, non. Mais je voulais en apprendre plus sur toi. J'ai été surprise que tu me contactes. Je voulais savoir si tu savais qui j'étais. C'est-à-dire la femme que tu avais rencontrée dans un entrepôt, une certaine nuit plutôt chaude.

— Tu veux dire, *la voleuse* ?

Mallory acquiesça d'un hochement de tête.

— Oui, la voleuse.

Jack sourit. Il semblait apprécier qu'elle ne cherche pas à travestir la vérité. Il n'avait même pas l'air vraiment choqué qu'elle ait mené une enquête sur lui.

— Tu veux savoir ce que j'ai découvert à ton sujet, Jack ?

Comme il ne répondait pas, elle continua :

— J'ai découvert que tu étais bien parti pour avoir une crise cardiaque.

— Vraiment ? lança-t-il, les sourcils froncés.

— Oui. Tu ne penses qu'à ton travail. Et, apparemment, très peu au plaisir !

En vérité, elle avait aussi découvert qu'il était sorti avec plusieurs femmes très belles mais qu'aucune de ces liaisons n'avait duré très longtemps.

Cette fois, c'était elle qui avait l'avantage sur lui, et elle était bien décidée à en profiter.

— Tu es un citoyen modèle, Jack Trinity. Tu votes à chaque élection, tu donnes de l'argent à des œuvres de charité, et ta société sponsorise plusieurs équipes sportives. Je comprends que tu sois effrayé à l'idée de te glisser dans la douche avec une femme telle que moi. C'est une expérience totalement nouvelle pour toi. En fait, c'est carrément l'aventure !

44

Jack se mit à rire. Puis il se pencha de nouveau vers elle, et recommença à caresser ses seins. Mallory sentit un frisson la parcourir.

— Pourquoi est-ce si perturbant d'avoir envie de moi, Mallory ?

Comment nier ? Ses seins étaient de plus en plus durs, gonflés, et ses tétons pointaient fièrement, se pressant contre les mains de Jack, réclamant toute leur attention. Intérieurement, elle se sentait frissonner de désir, et elle éprouvait une immense chaleur au creux de son ventre.

Jack devinait-il tout cela ? Le ressentait-il ?

— Tu sais, je n'ai jamais oublié notre baiser, avoua-t-il. Ça fait dix ans que j'y pense.

Son aveu la désarçonna. Qu'entendait-il exactement par là ? A quel moment songeait-il vraiment à elle ? Le jour, lorsque la pensée d'arrêter une voleuse l'excitait ? Ou bien le soir, à la faveur de l'obscurité, dans un moment semblable à celui de leur rencontre et de leur premier baiser ? Ou bien encore, pensait-il à elle à n'importe quelle heure du jour et de la nuit, comme c'était le cas pour elle, depuis ces dix dernières années ?

Mallory fit un pas en arrière. Troublée par ses pensées, elle avait besoin de se reprendre. Elle ne voulait pas être perturbée par des sentiments contradictoires. Tout ce qu'elle voulait, c'était profiter des sensations que Jack déclenchait dans son corps, puis mettre sa vengeance à exécution et oublier Jack Trinity, une fois pour toutes.

A peine avait-elle mis ses pensées au clair que Jack se penchait vers elle, lui attrapait le poignet, et la faisait sortir de la douche sans lui laisser une chance de réagir. Puis il la prit dans ses bras, la souleva et la tint contre sa poitrine, indifférent à l'eau qui lui coulait dessus.

— Je crois que je vais accepter ton offre, dit-il, mais pas ici.

Mallory n'eut même pas le temps de répliquer. Jack la souleva dans ses bras et sortit avec elle de la salle de bains. Il savait exactement où il se dirigeait. Sans prononcer un mot de plus, il traversa la chambre et la déposa, toute mouillée, au beau milieu du lit.

Contre toute attente, il ne l'y rejoignit pas, et se contenta de la regarder au fond des yeux.

— Tu as des préservatifs ? demanda-t-il.

Mallory roula sur le côté du lit, ouvrit le tiroir de sa table de nuit et en retira une pleine poignée des préservatifs, tous différents, qu'elle avait stockés en prévision de sa visite.

— A toi de choisir, dit-elle en les faisant pleuvoir sur les oreillers.

Il acquiesça du regard, et commença à retirer sa veste.

— Laisse-moi t'aider, murmura-t-elle en s'approchant de lui.

Une petite lueur dans les yeux de Jack lui révéla qu'il appréciait sa demande. Il s'occupa de ses boutons de manchettes, tandis qu'elle se concentrait sur sa cravate.

Elle s'agenouilla sur le lit et, soudain, ils furent si près l'un de l'autre qu'elle pouvait presque sentir la chaleur émaner de son corps, malgré la chemise qu'il portait toujours. La senteur de son eau de toilette, purement virile, l'excita encore davantage, si c'était encore possible.

Quand chemise et cravate eurent atterri sur le sol, Mallory soupira de plaisir en découvrant le torse musclé de l'homme qu'elle s'apprêtait à dévorer. Elle brûlait d'envie de sentir sa peau bronzée contre la sienne et sa toison blonde effleurer ses seins.

En détachant sa ceinture, elle sentit ses mains trembler. Jack l'aida à ouvrir le bouton de sa braguette, puis à faire glisser la fermeture Eclair et, soudain, il n'eut plus sur lui que son slip. Leurs mains s'emmêlèrent lorsqu'il l'aida à l'ôter.

Lorsqu'il fut complètement nu, Mallory ne put détacher ses yeux de sa superbe érection, et un immense silence régna entre eux.

Dire qu'elle attendait cet instant depuis dix ans ! Jack Trinity, nu devant elle, son sexe superbement dressé.

Waouw ! Elle sentait son cœur battre à tout rompre. Cet homme semblait trop beau pour être vrai.

Leurs yeux se croisèrent, et elle eut l'impression que lui aussi attendait cet instant depuis longtemps.

Oui, ça faisait dix ans qu'elle se demandait qui était réellement Jack Trinity, et en quel homme le jeune éphèbe allait se transformer. Dix ans qu'elle hésitait entre l'adorer et le détester.

A présent, *enfin*…

Elle fit courir ses doigts sur son torse, à travers la toison dorée, découvrant ses muscles sous sa peau douce. Ses mains descendirent sur sa poitrine, puis remontèrent sur ses épaules magnifiquement sculptées, et glissèrent jusqu'à ses avant-bras si puissants. Cela faisait tellement longtemps qu'elle attendait cet instant que le simple fait de toucher Jack lui procurait des sensations incroyables.

Il avait l'air si… solide, si puissant. C'était exactement le genre d'homme capable de protéger une femme de tous les dangers du monde.

Si la femme en question souhaitait être protégée, bien sûr.

Or, ce n'était pas son style à elle. Elle préférait vivre l'instant présent dans toute sa splendeur et en toute indépendance. Jusque-là, malgré son réel appétit sexuel, elle ne s'était jamais encombrée d'un homme. Du moins, à temps complet.

Jack Trinity allait être un véritable festin pour elle.

Elle continua à le caresser, à découvrir son corps. Ses seins se tendaient de plus en plus, et son sexe était trempé. Elle avait envie de s'allonger, de voir le corps de Jack tout contre le sien, de sentir son sexe si dur se glisser entre ses cuisses.

Elle avait envie de lever le visage vers lui, afin de lire dans ses yeux s'il éprouvait autant de désir pour elle qu'elle en ressentait pour lui… Mais elle résista, ne sachant pas si elle réussirait à lui dissimuler ses émotions.

Au lieu de s'abandonner, elle rejeta sa chevelure toujours humide sur son épaule, et se redressa pour l'embrasser dans le cou.

Le contact de ses lèvres chaudes et humides fit perdre à Jack tout son calme. Soudain, il l'enlaça et, avant même qu'elle ait le temps de comprendre ce qui était en train de se passer, elle se retrouva allongée sur le dos, un genou de Jack entre ses cuisses, son poids l'écrasant sur le matelas.

Lentement, très lentement, il lui caressa les seins, appréciant avec délice la manière dont ses tétons se dressaient sous ses paumes.

Avec grand plaisir, Mallory constata que son souhait avait été exaucé. Le visage pressé contre le torse de Jack, elle entendait son cœur tambouriner dans sa poitrine. Enfin, il lâchait prise, il se laissait aller ! Cette fois, elle ne put résister à l'envie de relever la tête afin de voir si l'expression de Jack reflétait cette force qu'elle sentait résonner en lui.

Et le désir qu'elle lut sur son visage aurait largement pu satisfaire son besoin de vengeance si elle n'avait su, au fond d'elle-même, qu'elle éprouvait exactement la même envie pour lui.

4.

A quoi jouait-elle donc ? Jack sentait qu'il avait atteint ses limites, mais il était bien décidé à découvrir ce que Mallory avait exactement en tête.

L'orgasme. Ce mot, qu'elle avait chuchoté, résonnait encore dans sa tête. Etait-ce vraiment son but ? Son seul et unique but ?

Il l'attira vers lui. Ses superbes seins se pressèrent contre son torse, et ses jambes s'enroulèrent autour de ses hanches, le mettant ainsi en contact avec les parties les plus intimes de son corps.

Mallory cambra les reins, d'un mouvement si léger que Jack pensa l'avoir imaginé, jusqu'à ce qu'il sente sa toison soyeuse tout contre lui.

Jusqu'à ce qu'elle gémisse de désir.

Du bout du pouce, il lui caressa les lèvres. Soudain, une rangée de petites dents blanches bien brillantes apparut entre ses lèvres pulpeuses. Mallory lui attrapa le pouce, puis le mordit fort, une lueur de défi dans ses yeux verts.

— Voilà, nous y sommes, Jack Trinity. Au lit. Nus.

— Exact.

51

Elle leva la main vers lui, et caressa sa poitrine, comme si elle avait envie d'explorer tout son corps. Il inspira profondément, humant le frais parfum de ses cheveux encore mouillés. Il avait presque l'impression de vivre un moment irréel, comme si elle n'était pas véritablement là, entièrement nue à son côté.

Dix années étaient largement suffisantes pour fantasmer sur une personne dont le visage se trouvait dissimulé sous un masque. Mais le moment qu'il était en train de vivre valait largement la peine d'avoir attendu si longtemps.

Elle s'étira, et il contempla sa peau laiteuse, ses lèvres qui réclamaient ses baisers et ses tétons roses qui appelaient ses caresses.

La lumière du soleil entrait dans la chambre par les larges baies vitrées, illuminant leurs corps d'une douce lueur, et leur image se reflétait dans le grand miroir derrière le lit.

Avant qu'il ne se rende compte de ce qu'elle faisait, Mallory se redressa, puis, ondulant comme un félin, elle se pencha vers lui, et ses cheveux formèrent comme un cocon de soie noire autour de sa tête. Puis, de sa langue chaude et douce comme du velours, elle se mit à lécher ses testicules, lui arrachant un gémissement de plaisir. Ses mains caressaient ses cuisses, centimètre par centimètre, le faisant frémir.

— Tu es magnifique, Jack, chuchota-t-elle.

Un petit sourire mutin au coin des lèvres, elle se redressa devant lui, fière et sûre d'elle comme une déesse de l'amour. Ses cheveux noirs, luisants encore d'humidité, dégringolèrent autour de son corps nu. Ses mamelons roses se dressaient fièrement devant elle, et elle semblait vouloir explorer son corps comme si elle avait attendu ce moment depuis très très longtemps.

Cette pensée perturba Jack. Il n'avait pas songé un instant que Mallory puisse le désirer. Pourtant, c'était bien le cas. Il le sentait dans chacune de ses caresses. Apparemment, elle avait envie d'étudier son corps sous toutes les coutures.

Et il avait bien l'intention de la laisser faire.

Oh que oui !

Son fantasme le plus tenace était enfin en train de devenir réalité sous les doigts de cette femme. Pourtant, comme lors de cette fameuse nuit, il se sentait déchiré par des pensées contradictoires. D'un côté, il avait envie de se laisser aller à l'extase la plus parfaite et, de l'autre, il se rappelait que cette rencontre n'avait rien à voir avec le plaisir. Tout ceci n'était qu'un jeu de pouvoir.

Néanmoins, c'était bien l'idée de plaisir qui semblait prendre le dessus. Même si sa raison lui conseillait d'éviter de mélanger travail et plaisir.

Soudain, Mallory passa l'une de ses longues jambes autour de lui, et s'assit à califourchon, tout près de son sexe humide. Alors, il n'y eut plus aucune contradiction dans l'esprit et le corps de Jack.

Il posa les mains sur sa taille, puis sur ses fesses, frottant son érection un peu plus contre son sexe. Elle était si chaude, si mouillée ! Leurs corps s'emboîtaient parfaitement, comme deux pièces d'un puzzle.

Jack avait tellement envie de plonger en elle qu'il en avait presque le souffle coupé. Et elle dut le sentir, car elle continua de l'exciter.

Elle se pencha en arrière, ses cheveux cascadant dans son dos et chatouillant ses cuisses de leurs pointes humides, ses seins fièrement dressés devant lui. Hypnotisé, il commença à caresser la peau douce de sa gorge, puis il descendit vers sa poitrine, prit l'un des mamelons entre ses doigts et le taquina.

Aussitôt, Mallory se mit à gémir, et pressa ses seins contre ses paumes, continuant, elle aussi, à le caresser partout.

Il plongea sa langue dans sa bouche et, comme elle gémissait, il glissa la main dans ses cheveux, et tint sa tête d'une main ferme. Leurs langues se mêlèrent en un ballet érotique et, soudain, ce fut plus qu'un simple baiser. C'était comme s'ils faisaient l'amour avec leur bouche.

En cet instant, les dix années passées n'avaient plus aucune importance. Seul le désir prévalait, et leurs corps semblaient déjà se connaître.

C'était incroyable.

Tellement incroyable que Mallory rompit leur baiser et s'écarta de lui. Même si elle n'en laissait rien paraître, Jack devina qu'elle était aussi stupéfaite que lui.

— Allonge-toi, Jack, dit-elle d'une voix rauque.

Il se demanda ce qu'elle avait en tête lorsque, soudain, il sentit sa langue humide sur son sexe.

O.K., Mallory avait envie de jouer. Très bien. Il allait la laisser croire qu'elle pouvait le mener par le bout du nez. Elle se rendrait compte suffisamment tôt qu'il n'était plus un jeune homme incapable de maîtriser ses érections. Après tout, cela ne faisait pas plus de dix ans qu'il attendait de découvrir qui était réellement cette charmante voleuse. Il était patient. Très *très* patient.

Néanmoins, sa patience venait d'atteindre ses limites.

— Nerveux, Jack ? demanda Mallory en ondulant lentement.

Tournant la tête vers elle, il lui attrapa le poignet et posa sa main sur son érection.

— Prends un préservatif, dit-il d'une voix sourde.

Le sourire aux lèvres, Mallory fouilla entre les oreillers et attrapa l'une des petites pochettes. Aussitôt, Jack lui sauta dessus.

— Jack !

Pourquoi diable l'attrapait-il par les cheveux ? se demanda-t-elle. Soudain, lorsqu'il lui tira légèrement la tête en arrière, elle comprit. Il voulait qu'elle voie leur reflet dans le miroir, sur le mur, derrière la tête du lit.

Jack était agenouillé derrière elle, son large corps bronzé encadrant le sien. Dans le bas de son dos, elle sentait son sexe dressé, ses cuisses musclées arrimées aux siennes.

Leurs regards se croisèrent dans le miroir. Les yeux sombres de Jack semblaient la caresser, tout en l'incitant à se laisser aller. Il n'avait pas besoin de prononcer le moindre mot. Son regard à lui seul était déjà comme une promesse.

Il avait envie d'elle.

Jusque-là, elle s'était dit que coucher avec Jack Trinity lui permettrait d'en finir avec la fascination qu'il exerçait sur elle, et de prendre sa revanche en le réduisant à sa merci. Mais Jack lui avait volé le contrôle des opérations. Il semblait en pleine possession de ses moyens et, entre ses bras, elle se sentait vulnérable comme elle ne l'avait jamais été.

En se regardant ainsi avec lui dans le miroir, elle comprit qu'il était parfaitement conscient du désir intense qu'il lui inspirait.

Ses yeux reflétaient toute son excitation. Ses lèvres étaient humides et brillantes de ses baisers. Elle avait envie de cet homme à un point qu'elle n'imaginait pas possible.

Elle décida de garder les yeux clos, dans l'espoir de lui cacher ses véritables émotions. Inspirant profondément, elle essaya de reprendre le contrôle d'elle-même, afin de mieux maîtriser la situation.

Ce n'était pas la meilleure solution. Le fait de fermer les yeux exacerba encore plus ses sensations. Elle sentait la bouche chaude de Jack sur elle, sa langue courir sur son corps, son parfum…

Bon sang, c'était elle la voleuse ! Pourtant, Jack Trinity était en train de lui voler… son calme, sa maîtrise d'elle-même. Elle eut envie de se retourner, de lui faire face et de rompre ce charme qu'il exerçait sur elle. Mais c'était elle qui avait commencé ce jeu, et elle jouerait à sa façon jusqu'à la fin.

Après tout, elle était parfaitement capable de faire face à un retournement inattendu. Elle aimait le challenge.

Et cet homme en était un. Surtout en cet instant, alors que son corps caressait le sien et qu'il s'agenouillait de plus en plus bas derrière elle…

Doucement, il l'amena à écarter les genoux, et elle s'accrocha à la tête du lit, tandis qu'il pressait son visage entre ses cuisses, ses cheveux caressant sa peau, ses joues légèrement râpeuses écorchant légèrement les endroits les plus sensibles. Sa langue chaude se glissa tout en haut entre ses cuisses…

Elle gémit sourdement.

Réussirait-elle à réduire Jack Trinity à sa merci, ou bien ferait-il d'elle une esclave sexuelle ?

Elle était tellement excitée qu'elle ne put s'empêcher de se cambrer contre lui, l'encourageant à la pénétrer un peu plus de cette langue qui semblait si diabolique.

Mais Jack avait la situation bien en main, et c'était lui qui imposait son tempo.

Il se redressa. Elle l'entendit ouvrir la pochette du préservatif, et résista à l'envie de se retourner. Au lieu de cela, elle s'accrocha de plus belle à la tête du lit, attendant, jouant le jeu à sa façon, gémissant lorsqu'elle le sentit positionner son sexe chaud et ferme entre ses cuisses.

— Ouvre les yeux, Mallory ! dit-il de sa voix rauque. Regarde à quel point tu as envie que je te pénètre.

Hors de question. Elle n'allait certainement pas reconnaître qu'il avait raison, qu'elle était entièrement moite de désir et que chaque centimètre de son sexe qui la pénétrait la rendait complètement folle.

Il entra lentement en elle, laissant son corps s'habituer à la taille de son sexe. Puis, tout en la pénétrant, il passa la main sur son ventre, et entre ses cuisses.

— Ouvre les yeux, Mallory ! répéta-t-il.

Elle continua à résister, s'accrochant toujours à la tête du lit, vaguement consciente du métal froid sur sa peau chaude. Se cambrant de plus belle contre lui, elle cherchait à combler ce vide en elle. Tout ce qu'elle voulait, c'était que Jack la pénètre au plus profond d'elle-même.

Mais il ne bougeait plus. Il avait laissé sa main entre ses cuisses, et son doigt caressait son clitoris. Comment diable pouvait-il garder ainsi le contrôle de lui-même tout en la pénétrant ? Elle détestait cette idée. Elle eut envie d'ouvrir les yeux pour voir sur son visage l'effort qu'il devait faire pour se maîtriser, mais elle y renonça, de peur de se rendre compte que Jack était bel et bien maître de lui.

Il ne prononça plus un mot, et prit son propre rythme. Il ne plongea pas complètement en elle, mais se contenta de la pénétrer suffisamment pour que ce soit elle qui, en se cambrant, lui demande d'entrer plus profondément. A chaque mouvement, il semblait conserver toute sa maîtrise. Qu'en était-il de ses envies ?

Finalement, il écarta ses fesses de ses mains, et s'enfonça un peu plus profondément en elle.

57

Alors, il obtint ce qu'il souhaitait, parce qu'elle ouvrit les yeux, et découvrit, en s'observant dans le miroir, un regard qui laissait transparaître des émotions qu'elle n'avait aucune intention de lui montrer…

Comme, par exemple, à quel point elle aimait l'avoir en elle.

Elle se mit à gémir de plaisir et, soudain, ne put s'empêcher de se déhancher furieusement contre lui, faisant entrer et sortir son sexe de plus belle.

— Regarde-toi, Mallory ! Tu es magnifique quand tu te laisses aller ainsi.

Ses paroles résonnèrent dans son esprit, et elle regarda son reflet dans le miroir.

Quelles qu'eussent été ses intentions, elle allait bel et bien jouir, d'un instant à l'autre !

Pourtant, ce n'était pas du tout ce qui était prévu. C'était Jack qui devait se retrouver sans défense.

Pour l'instant, tout en continuant à la pénétrer, il semblait ne pouvoir détacher son regard de leur reflet dans le miroir. Il plongea de plus en plus profondément en elle, et elle se mit à crier de plaisir.

Soudain, l'orgasme monta en elle, et sa seule consolation fut de sentir que Jack semblait, lui aussi, entraîné dans cet ouragan.

Elle eut l'impression que son corps tout entier explosait en mille étincelles de lumière et, du fond de son être, elle sentit un cri franchir ses lèvres.

Visiblement, son orgasme avait déclenché celui de Jack. Il cria, lui aussi, et elle le sentit trembler des pieds à la tête. Levant les yeux, elle l'observa dans le miroir, tandis que tous ses muscles se raidissaient et qu'il jouissait aussi violemment qu'elle.

Elle se sentit presque soulagée, en remarquant l'étincelle d'incrédulité dans ses yeux sombres. Apparemment, elle n'était pas la seule à être surprise.

— Qu'est-ce qui t'arrive, Jack ?

Leurs regards se croisèrent dans le miroir.

— Tu veux dire : « Qu'est-ce qui *nous* arrive » ?

— Il n'y a pas de *nous*.

— Vraiment ?

— Absolument.

— Alors, comment qualifierais-tu ce qui vient de nous arriver ?

— On a juste passé un bon moment.

Jack l'étudia profondément, comme pour lire en elle, comme s'il voulait provoquer quelque chose.

Hm, elle n'allait peut-être pas s'en tirer aussi bien que ça.

5.

— Laisse-moi, dit Mallory.

Elle se rendait compte qu'elle avait sous-estimé Jack.

Il la prit dans ses bras, dans le même geste galant qu'il avait utilisé pour la déposer sur le lit, et se dirigea avec elle vers la salle de bains.

— Jack, qu'est-ce que tu…

— A présent, je suis prêt à prendre ma douche avec toi.

— Tu t'arranges toujours pour que les choses se déroulent comme tu le souhaites, n'est-ce pas ?

Il sourit.

— Bien entendu.

— Eh bien, figure-toi que c'est également mon cas. Décidément, nous avons beaucoup de points communs, tous les deux !

Elle n'ajouta pas que cela risquait fort de leur poser quelques problèmes, ne serait-ce que sur le plan professionnel, bien qu'elle le pensât fortement.

En tout cas, sur ce dernier point, c'était elle qui avait le dessus puisque Jack voulait quelque chose qu'elle était la seule à pouvoir lui fournir. Côté sexe, par contre, elle craignait fort qu'il ne mène la danse. Elle sentait encore en elle la puissance de son orgasme, et elle se savait incroyablement vulnérable et troublée, tandis que lui semblait toujours parfaitement maître de lui.

Mauvais signe. Il l'avait surprise en résistant à toutes ses tentatives pour lui faire perdre le contrôle. A présent, il fallait qu'elle réfléchisse rapidement à la manière de reprendre l'avantage.

Malheureusement, il lui était difficile d'avoir les idées claires, alors que Jack était en train de la poser à terre d'un mouvement si langoureux qu'elle sentit de nouveau sa virilité contre son ventre. C'était incroyable que leurs deux corps aient si rapidement fait connaissance.

Sans dire un mot, elle entra dans la douche et fit couler l'eau. Peu lui importait qu'elle soit chaude ou froide. Après tout, un bon jet d'eau glacée l'aiderait peut-être à s'éclaircir les idées.

Jack la rejoignit.

— Bienvenue dans ma douche, Jack Trinity. Je commençais à penser que je ne réussirais jamais à vous y faire venir.

— Tu vois, j'y suis.

— Je vois.

Soupirant de se découvrir aussi sensible à la présence de cet homme dans sa douche, Mallory tendit la main vers la bouteille de shampooing, mais il la saisit avant elle.

— S'il te plaît… Il faut vraiment que je me lave les cheveux, dit-elle. Ils sont complètement emmêlés.

— Laisse-moi faire.

Il avait dit cela d'une façon si convaincante qu'elle se contenta de pencher la tête sous le jet de la douche.

Jack fit couler un peu du liquide onctueux dans sa paume, reposa le flacon sur l'étagère, et répandit le produit sur sa longue chevelure.

62

Il se tenait derrière elle, et poussait doucement son érection contre ses fesses, tout en lui massant voluptueusement le cuir chevelu.

Quand tous ses cheveux furent parfaitement lavés, il dirigea le jet d'eau sur sa tête, puis recommença l'opération avec l'après-shampooing, toujours en silence.

Un silence que Mallory rompit avec une feinte désinvolture.

— Alors, Jack, dis-moi un peu pourquoi les femmes ne restent jamais longtemps avec toi ! lança-t-elle en lui jetant un coup d'œil par-dessus son épaule. Est-ce ton choix, ou le leur ? Je suis curieuse.

Du coin de l'œil, elle le vit froncer les sourcils, et supposa que ce n'était pas la première fois qu'on lui posait cette question. Mais le fait qu'il n'ait pas de réponse toute prête semblait vouloir dire que le sujet le touchait peu.

— Es-tu bien certaine de ce que tu avances ? demanda-t-il.

— Je suis également très douée pour les enquêtes. Tu ne verses pas de pension alimentaire à une ex-femme, et il n'y a aucune petite amie sérieuse dans ta vie. Je n'ai trouvé qu'une sorte de... harem intermittent. As-tu un problème quelconque avec l'engagement ?

— Non, c'est juste que je n'ai pas rencontré la femme parfaite. Ou, du moins, celle qui me correspond.

La femme *parfaite* ?

Sa réponse était si inattendue que Mallory faillit éclater de rire. Néanmoins, quelque chose dans son expression suggérait qu'il était vraiment sérieux et, soudain, elle se sentit mal à l'aise.

— Alors, comme ça, tu cherches la partenaire idéale ?

— Je la reconnaîtrai quand je la rencontrerai.

Cette fois, elle se mit à rire.

— Le beau chevalier en armure attend sa belle ?

— Tu ne crois pas aux âmes sœurs, n'est-ce pas ?

— Pas plus qu'aux contes de fées !

— Pourquoi ?

C'était une question toute simple, mais, curieusement, Mallory se sentit désarçonnée.

— Je n'y ai jamais vraiment réfléchi, avoua-t-elle. Je crois que je suis bien trop ancrée dans la réalité pour marcher dans des trucs aussi stupidement romantiques.

— Parle-moi un peu de ta *réalité*, comme tu dis. Moi aussi, j'ai fait des recherches sur toi, avant de t'envoyer ma proposition, mais je n'ai pas fait autant de découvertes sur ta vie privée.

— C'est normal. Moi, j'ai de très bons contacts.

— J'en suis sûr.

Après lui avoir scrupuleusement rincé les cheveux, il les fit glisser par-dessus son épaule pour les éloigner du jet d'eau. Puis il attrapa le gant de toilette, y fit couler un peu de savon liquide, et commença à lui frictionner les épaules et le dos.

— Hm, tu as l'intention de t'occuper de moi, on dirait !

— Absolument.

— Pourquoi ?

C'était son tour de poser une question toute simple. Elle voulait tester cet homme, et dépasser le stade de l'entretien professionnel pour l'amener sur un terrain bien plus personnel. Il fallait qu'elle sache ce qu'il avait en tête.

— Parce que je t'aime bien, répondit-il en passant langoureusement le gant sur ses épaules.

Chacun de ses gestes était une véritable caresse, et elle ne put s'empêcher de songer à quel point leurs deux corps s'étaient si parfaitement imbriqués.

— Moi aussi, dit-elle. Je t'aime bien.

— Alors, parle-moi de toi, Mallory. Je sais que tu ne t'es jamais mariée et, comme je ne vois rien, ici, qui révèle la présence d'un enfant, je suppose que tu n'en as pas… Cela dit, je marche peut-être sur les plates-bandes d'un autre homme.

— Tu as peur qu'il surgisse au mauvais moment ?

— Je n'aime pas partager. Par conséquent, tant que nous…

— Il n'y a pas de *nous*.

Les mots étaient sortis tout seuls, instantanément. Pourquoi diable était-elle autant sur la défensive ?

— Et, dans ces conditions, reprit-elle, la situation doit être simple.

— D'accord. Tu veux que nous établissions les termes de notre relation ?

— Bonne idée. Parce que, là, nous sommes en train de mélanger travail et plaisir, tout en continuant un chapitre que nous n'avions jamais terminé.

— Un chapitre non terminé ?

— Notre baiser.

Elle se cambra contre lui, et sentit son érection toujours présente.

— Je dirais que nous en avons enfin terminé avec ce dossier, n'est-ce pas ?

Le gant tomba dans la cabine de douche.

Tout en se penchant pour le ramasser, Jack prit ses seins dans ses mains savonneuses.

— Alors, c'est ça, tu en as terminé avec moi ? Est-ce que ça veut dire que je peux rentrer chez moi ?

Elle sentit ses seins se gonfler de désir et ses tétons durcir.

— Es-tu en train de me dire que tu as envie de rentrer chez toi, Jack ?

— Pas pour l'instant, chuchota-t-il à son oreille, en se penchant vers elle. Je suis à ton entière disposition. Qu'en est-il de ton propre emploi du temps ?

— Je suis toute à toi.

Lentement, il passa sa langue sur son oreille, en un geste si sensuel qu'elle se sentit frémir.

— Est-ce une promesse ?

— Oui, murmura-t-elle.

— Parfait.

Jack se redressa et la regarda droit dans les yeux.

— Bon. Tu prétends que mélanger travail et plaisir n'aura aucune incidence sur tes performances professionnelles, et je suis prêt à te croire. Mais alors, dis-moi quand et comment le travail sera fait.

Tout en parlant, il s'était penché pour récupérer le gant de toilette. Il l'imprégna de savon, et l'insinua doucement entre ses cuisses. Elle se cambra un peu plus, afin de lui permettre d'accéder à l'endroit qu'il semblait convoiter. S'il avait l'intention de recommencer la petite scène de la chambre, elle n'y verrait aucun inconvénient.

Mais Jack n'en fit rien.

— Et à propos du sexe ? demanda-t-il.

— Où tu voudras, quand tu voudras.

Il se contenta d'acquiescer en hochant la tête, et elle fut légèrement déçue qu'il ne profite pas de l'occasion.

Soudain, il s'agenouilla devant elle, tout en continuant à la caresser langoureusement d'une cuisse à l'autre.

Il se comportait comme un véritable gentleman, et elle n'était pas vraiment habituée à cela : généralement, les hommes répondaient immédiatement à ses avances. Et même un peu trop vite, bien souvent. Elle devait reconnaître que Jack faisait les choses selon les règles.

S'il découvrait une voleuse dans l'entrepôt de son patron, il sonnait l'alarme. Et quand il faisait l'amour à une femme, il veillait à l'emmener le plus loin possible sur le chemin de l'extase.

Il avait vraiment tout du chevalier dans sa belle armure blanche.

Soudain, Mallory fut tentée de sortir de la douche. Elle était encore tout alanguie de leur petite partie de jambes en l'air, et se sentait d'humeur rêveuse. Elle aurait adoré retourner au lit avec lui afin qu'ils passent l'après-midi entier à se découvrir l'un l'autre...

Décidément, cet homme était en train de la distraire de son but, et elle n'aimait pas du tout ça.

Pourtant, elle aurait dû s'y attendre. Dès leur première rencontre, Jack lui avait fait énormément d'effet. Il avait occupé son esprit durant toutes ces années, et elle s'était sentie à la fois en colère et trahie. Pourquoi avait-elle éprouvé de tels sentiments ? Elle l'ignorait.

Peut-être était-ce le souvenir de leur baiser qui l'avait autant troublée ? Ce qui était totalement ridicule, parce qu'après tout, *ce n'était qu'un baiser.*

La seule chose dont elle était certaine, en cet instant, c'est que les sentiments qu'elle éprouvait pour lui n'avaient rien de rationnel. Il fallait qu'elle le laisse mener le jeu à sa façon, car, en cherchant à lui résister, elle ne ferait que lui prouver qu'en effet, il avait de l'emprise sur elle.

La dernière chose à faire était de lui donner des munitions qu'il ne manquerait pas d'utiliser contre elle. Ils allaient devoir passer plusieurs semaines ensemble, et elle avait bien l'intention de réduire à néant la fascination qu'elle éprouvait pour lui, et de lui faire payer tous les soucis qu'il lui avait causés.

Jack sortit de la douche, et se félicita d'avoir réussi à mettre quelque distance entre Mallory et lui. Elle était peut-être convaincue qu'il n'existait aucun *nous*, mais lui n'en était pas si sûr. Ce qui était en train de se passer entre eux n'avait rien à voir avec le fait de mettre un point final au *chapitre commencé dix ans plus tôt*, comme elle disait. Malgré tous les efforts de Mallory, il avait quand même réussi à échapper à ce qui se serait transformé en un second orgasme. Et Dieu sait qu'elle n'avait pas lésiné sur les efforts pour l'y mener !

Elle avait insisté pour le savonner à son tour, et y avait mis toute sa sensualité, utilisant ses mains de façon très efficace.

Il avait réussi à ne pas perdre pied parce qu'il avait compris qu'avec cette femme, tout dépendait de sa capacité à cacher ses faiblesses. Or, la laisser prendre la direction des opérations, sur le plan personnel comme sur le plan professionnel, aurait été un signe évident de faiblesse. Et il devait absolument rester maître des opérations jusqu'à ce qu'il ait compris à quel jeu elle jouait avec lui.

Soudain, il entendit une voix masculine.

— Hé ! Chérie, où es-tu ? A l'étage ?

Un simple regard à Mallory lui permit de comprendre que l'homme venait de surgir à l'improviste. Avait-elle menti en lui disant qu'elle n'avait aucune liaison ?

Tout en détournant les yeux de son corps magnifique, il se demanda quelle importance cela avait pour lui.

Elle croisa son regard, et lui tendit une serviette en soupirant.

— Je suis à l'étage ! lança-t-elle d'une voix qui semblait résignée.

— Qui est avec toi ?

— Jack Trinity.

Il y eut un instant de silence. Puis l'homme se remit à parler.

— Super ! Je vais enfin le rencontrer ! Vous êtes décents, tous les deux ?

— Oui.

— Mallory, dit Jack, qui… ?

— S'il te plaît, chuchota-t-elle, tout en se frictionnant avec une serviette, ne lui parle pas du coup d'Innovative. Il ne sait pas que c'est toi qui étais là-bas, et j'aimerais autant qu'il continue de l'ignorer.

Lui tournant le dos, elle attrapa le peignoir qui était accroché derrière la porte, et l'enfila.

Le coup d'Innovative ?

Incrédule, Jack la regarda nouer sa ceinture et quitter la salle de bains. Puis, soudain, la lumière se fit dans son esprit.

Elle ne parlait quand même pas…

— Bonjour, papa ! Qu'est-ce qui t'amène ici ?

— Je voulais savoir si tu avais accepté le job. Où est Jack ?

— Dans la salle de bains.

Au même moment, plusieurs pensées traversèrent l'esprit de Jack.

La première était que l'homme qui se trouvait actuellement dans la chambre à coucher de Mallory était un malfrat qui avait été reconnu coupable par un tribunal.

La seconde était que ses vêtements étaient éparpillés par terre dans cette même chambre, ce qui signifiait assez clairement que Mallory et lui étaient amants.

La troisième était que le père de la jeune femme à qui il venait juste de faire l'amour connaissait son nom, mais ignorait, visiblement, qu'il avait été l'un des éléments perturbateurs du cambriolage, et que cette interruption avait favorisé son incarcération !

Tout ceci lui causait un cruel dilemme.

La demande de Mallory de garder sa présence secrète lui donnait la sensation de cacher quelque chose qu'il n'avait aucune raison de dissimuler. Même si ce n'était pas lui qui avait actionné l'alarme, cet homme s'était retrouvé en prison…

Jack ignorait tout des codes en vigueur chez les voleurs. Le simple fait de se trouver sur une propriété, lors d'un cambriolage, méritait-il un châtiment ?

Pas sûr. Par contre, embrasser la fille du chef de la bande, alors qu'elle est encore mineure, ça, c'était plus inquiétant.

En toute honnêteté, c'était Mallory qui avait pris l'initiative de ce baiser. Et, en plus, il n'avait aucun moyen de savoir qu'elle n'avait que seize ans, avec ce masque qui dissimulait son visage !

D'après Mallory, son père ignorait tout de leur baiser, et Jack décida de laisser les choses en l'état, comme elle le lui demandait, même s'il ignorait les causes de cette recommandation. Inutile de compliquer la situation : il était déjà suffisamment tracassé par l'état révélateur de la chambre à coucher !

Il savait pertinemment que Mallory ne lui apporterait pas ses vêtements dans la salle de bains afin qu'il puisse s'habiller en toute tranquillité. Même s'il en ignorait encore les raisons, il avait conscience de son petit jeu ; il savait qu'elle allait profiter de cette nouvelle occasion pour le tester.

Il prit une profonde inspiration, drapa une serviette de bain autour de sa taille, puis se dirigea vers la porte, à la rencontre de son destin.

Duke Hunt ne correspondait pas du tout à l'image que Jack s'était faite de lui. Il approchait la soixantaine, et il était toujours bel homme. Mallory lui ressemblait beaucoup. Elle avait les mêmes cheveux sombres, les mêmes gestes et la même allure.

Cela n'empêcha pas Jack de se sentir mal à l'aise, lorsqu'il dut lui serrer la main. Il faut dire qu'il était à moitié nu.

Mallory fit les présentations.

— Papa, voici Jack Trinity. Tu as déjà entendu parler de lui. Jack, voici mon père, Duke Hunt.

Jack ne discerna pas la moindre surprise dans le regard de Duke. En fait, il avait plutôt l'impression que le père et la fille attendaient que ce fût lui qui montrât des signes d'embarras. Ce qui était hors de question, bien entendu.

Jack ne comprenait pas très bien pourquoi la famille Hunt s'obstinait à parler affaires dans la chambre à coucher et la salle de bains. Néanmoins, il serra la main de Duke, comme si le fait d'être vêtu, en tout et pour tout, d'une serviette de bain avait été tout à fait banal.

— Ravi de vous rencontrer, monsieur.

— Moi de même, Jack, répondit Duke en souriant. Mallory a raison : j'ai déjà entendu parler de vous. Vous êtes plutôt connu dans le business.

— Dans quelle partie êtes-vous ?

— Je suis expert en sécurité, comme Mallory.

— Vous travaillez ensemble ?

Il n'avait rien découvert de tel dans son enquête.

— Nous n'avons pas la même clientèle, déclara Mallory, tout en se dirigeant vers son dressing, où elle remplaça par un peigne la serviette qui retenait ses cheveux.

— C'est le moins qu'on puisse dire ! lança Duke en riant. Nous ne sommes pas du même côté de la barrière.

Jack avait déjà reporté toute son attention sur Mallory, et sur la façon dont les manches de son peignoir glissaient le long de ses bras minces, tandis qu'elle démêlait ses cheveux. Finalement, les paroles de Duke parvinrent jusqu'à son cerveau.

— Cela risque-t-il de provoquer un conflit d'intérêt pour TSS ?

Duke fronça les sourcils.

— Est-ce une façon diplomatique de nous demander si Mallory partagera avec moi ses informations concernant votre système de sécurité afin que je puisse conseiller mes clients sur la meilleure façon de le neutraliser ?

— Oui.

Ce simple mot sembla résonner dans le silence. A moins que ce ne fût les battements de son cœur qui tambourinait dans sa poitrine... Si jamais cet homme avait une arme, il était fait comme un rat.

— Naturellement, il n'y aura aucun conflit d'intérêts, dit Mallory. Ce ne serait pas professionnel.

A la façon dont elle se raidit, et au regard qu'elle lui jeta, comme si elle était mortellement offensée qu'il ait seulement songé à poser la question, il sentit toute son indignation.

Le regard de Duke passa de sa fille à Jack.

— Il existe un code d'honneur chez les voleurs.

— Nos entreprises sont tout à fait légales, reprit Mallory.

— Malgré notre clientèle, ajouta Duke.

Jack eut l'impression qu'il retenait un sourire.

— Tu devrais le savoir, Jack, puisque tu as mené une enquête sur moi ! De plus, je t'informe que je signe toujours un rapport de confidentialité avec mes clients.

Elle semblait si honnête, en cet instant, si offensée par sa question qu'il hocha la tête. Il avait vraiment très envie de la croire.

Durant ses recherches il n'avait rien décelé de louche dans les activités de Mallory. Et le fait que son père soit venu se présenter en personne ne pouvait que renforcer l'idée que leurs activités étaient bel et bien séparées.

Jack se promit, néanmoins, de charger son équipe de faire des recherches un peu plus approfondies sur la famille Hunt. Ensuite, qui sait, peut-être serait-il obligé de réviser ses notions de déontologie, et d'y inclure le code de l'honneur des cambrioleurs ?

— Il a raison de demander, fillette, déclara Duke.

Il s'approcha de la jeune femme et lui prit le peigne des mains.

— Laisse-moi faire, ajouta-t-il en commençant à lui démêler les cheveux.

Mallory pencha la tête, d'un geste si instinctif que Jack songea, en les regardant, que cette petite scène faisait partie de leur quotidien. Il y avait quelque chose de si tendre dans les gestes du Duke qu'il se sentit presque comme un intrus.

— Alors, tout est clair entre vous concernant ce boulot ? demanda Duke en jetant un coup d'œil à la pile de vêtements qui jonchaient le sol. Je suppose que vous auriez poursuivi votre… discussion… si je n'étais pas arrivé.

Leurs regards se croisèrent au-dessus de la tête de Mallory, et Jack fut incapable de déchiffrer l'expression de Duke. Il réussit juste à ne pas baisser les yeux.

— J'ai fait une offre à Mallory, monsieur.

— Que j'ai acceptée ! précisa la jeune femme. Mais nous n'avons pas encore mis tous les détails au point. Jack a quelques… conditions particulières.

— Lesquelles ? demanda Duke en se concentrant de nouveau sur la chevelure de sa fille.

— Eh bien, Jack n'a pas vraiment envie de me laisser pénétrer seule dans la propriété de l'un de ses clients. Il tient à m'accompagner.

— Vraiment ? Et tu as accepté ?

Mallory hocha la tête.

Jack était incapable de deviner ce qui surprenait le plus Duke : que lui-même pose cette condition, ou que Mallory ait accepté.

— Le fait de voir Mallory travailler m'aidera à élaborer mes futurs systèmes de sécurité, dit-il.

— Et comment comptez-vous vous y prendre, exactement, tous les deux ? demanda Duke en venant se planter devant Mallory.

Jack profita de l'opportunité pour se diriger vers le lit.

— Eh bien, il faudra qu'il soit suffisamment entraîné pour ne pas être dans mes pattes pendant que je travaillerai, répondit-elle. Je lui enseignerai les rudiments dans mon atelier.

— Il faudra qu'il connaisse plus que les rudiments.

— Je sais, mais je n'ai pas encore eu le temps de mettre tous les détails au point, papa. Nous venons juste de commencer à discuter de cette affaire.

Duke secoua la tête et se mit à rire.

— Et toi, tu as déjà accepté ! Tu ferais mieux d'en parler à Eddie.

— Bonne idée.

Jack se demanda qui était ce fameux Eddie et ce que Mallory entendait par « une bonne idée », mais il avait enfin juste récupéré ses vêtements, et il n'avait guère envie de faire la conversation.

répondit-elle lui en montrant les fauteuils dans son salon.

— Il insista qu'il continue... plus que les fauteuils...

— Je suis... mais... j'ai des encore... le temps de mettre tous les détails... à part que... Nous venons dans la compagnie et à mettre... de... et plante...

Trois secondes après, il se met à rire.

— Il fallait se dire encore l'air à mes prix, et en parles à l'œil...

— Bon, d'accord...

Mais ils se demanda par qui... le fameux Eddie et ce que Maître... emménagea pas avant... à ce jour... mais il avait enfin juste un bon aux spectacles... et il avait passé toute la fin de soirée sur...

6.

Au volant de sa Mercedes, Duke Hunt passa devant Peachtree Financial et alla se garer derrière l'immeuble. Le nom de la société l'avait toujours fait rire. Peachtree Financial !

Ça n'était pas à proprement parler une banque, mais plutôt un bureau de prêteur sur gages destiné aux gens riches qui souhaitaient vendre certains biens en toute confidentialité.

Dix ans plus tôt, après ce cambriolage qui avait mal tourné, Eddie Gibb avait investi sa part du butin dans une petite boutique où il avait monté une affaire prospère.

Le système de sécurité qui protégeait Peachtree Financial était ultraperfectionné. Il avait été mis au point par une équipe de cambrioleurs qui, à eux tous, possédaient plus de dix-huit ans d'expérience. De nombreux ingénieurs du coin avaient involontairement contribué à sa création en fournissant à Duke et à son équipe différents composants électroniques qu'ils avaient eux-mêmes assemblés. Cela incluait TSS, parce que Jack était l'un des meilleurs, et Innovative, parce que Duke avait pensé que le fait d'acheter du matériel à la compagnie dans laquelle il avait effectué son dernier cambriolage leur porterait chance.

Comme le bureau était vide, Duke continua jusqu'au show-room où il trouva Eddie en train de porter un toast en compagnie d'Opale. A côté d'eux, dans un seau à glace, reposait une bouteille de Dom Pérignon ouverte.

Duke observa la scène avec un sourire.

Si Opale n'était pas une beauté naturelle au sens strict du terme, elle était véritable œuvre d'art : on ne remarquait aucune trace de ses différentes opérations esthétiques, et ses yeux de chat, sa peau superbe et son corps à la silhouette parfaite représentaient un véritable ravissement. Ses cheveux étaient d'un blond platine, et Duke savait qu'elle rendait de fréquentes visites à son coiffeur pour entretenir cette douceur lumineuse.

Eddie, dont le travail consistait, désormais, à acheter et à vendre des objets de grande valeur, considérait lui-même Opale comme un trésor vivant. Il disait toujours d'un ton affectueux que lui-même ne se fixerait jamais tant qu'il n'aurait pas rencontré une femme qu'il pourrait comparer à elle. Et, pendant près de trente-cinq ans, il n'avait cessé de répéter à Duke qu'il ferait bien de proposer à cette perle rare de devenir sa moitié.

Celui-ci songea, une fois encore, qu'il aurait dû écouter son vieux copain. Ce petit homme noir, un peu maigre, avait toujours eu l'esprit vif. Il était entré dans son équipe à l'âge de dix-sept ans, et avait rapidement appris à neutraliser les systèmes d'alarme. Il était sympa et facile à vivre. Il appréciait plus que tout les chaussures italiennes et les costumes sur mesure, ce qui amusait à peu près tout le monde.

Duke regarda sa montre.

— Voyons voir, tu n'as pas de clients pour l'instant, et ce n'est pas encore l'heure de l'apéritif. Qu'est-ce que vous pouvez bien célébrer, tous les deux ?

— La vie, mon vieux ! On vient juste de négocier l'aigrette de Mme Mac Gillivray.

Duke regarda le joyau dont venait de parler Eddie : une composition d'énormes saphirs, émeraudes et rubis en forme de plume, aussi hideuse que chère.

— Hm, il en faut pour tous les goûts, dit-il. Verse-moi une coupe, Opale, s'il te plaît. Je vais trinquer avec vous.

Ils dégustèrent leur champagne, et Duke songea que la vie était bien généreuse de leur offrir encore autant de bons moments. Cela dit, il n'était pas surpris que chaque membre de son équipe ait aussi bien réussi sa reconversion. Après tout, c'était lui qui les avait choisis, non ? Et chacun d'eux était très intelligent. Tout ce qu'il leur fallait, c'était l'occasion de réussir dans la vie en restant du bon côté de la loi.

Il leur avait fourni cette occasion.

Durant toutes les années de leur collaboration, il avait investi une partie de leurs gains en prévision de leur inévitable retraite. C'était sa version à lui d'un plan d'épargne, et cela s'était révélé une excellente idée. Aujourd'hui, il était fier des choix que ses anciens complices avaient effectués.

Et ce, même si la jeune génération commençait à faire des siennes. Comme Lance, par exemple, le fils de Paul Polish. Heureusement, Mallory ne lui avait encore causé aucun souci. *Jusqu'à présent.*

Récemment, il avait commencé à méditer sur certains des choix de sa fille et, après avoir rencontré Jack Trinity dans sa chambre à coucher, il ressentait le besoin de passer à l'action.

— Opale, Mallory t'a-t-elle dit qu'elle connaissait Jack Trinity ?

— Elle ne le connaît pas. Elle était si surprise, quand sa proposition est arrivée, qu'elle lui a elle-même demandé comment il avait entendu parler d'elle. Je le sais, parce qu'on a travaillé ensemble sur le devis.

Duke fronça les sourcils. Mallory n'avait jamais parlé de TSS, auparavant. Et, ce matin, il lui avait semblé que c'était bel et bien la première fois qu'elle rencontrait Trinity. Pourtant, quelque chose clochait.

— Mallory avait un rendez-vous avec Jack Trinity, ce matin, dit Opale. Il y a un problème ?

— Je n'en suis pas sûr, répondit Duke.

Eddie prit la bouteille de champagne et lui remplit sa coupe.

— Tout ça ne me semble pas très bon, patron, dit-il.

— Tu as raison.

Duke regarda Opale.

— Ont-ils passé beaucoup de temps au téléphone, tous les deux ?

— Pas à ma connaissance. Ils ont tout mis au point par fax.

— Leur relation ne t'a donc pas semblé différente de celles que Mallory entretient avec les autres clients ?

Opale hocha la tête.

— Non. Mis à part le montant exorbitant qu'elle a réclamé pour ses honoraires.

— Exorbitant à quel point ?

— Vraiment énorme.

— Pourquoi lui a-t-elle demandé autant ?

Opale haussa les épaules.

— Elle ne me l'a pas dit. Elle a juste affirmé que, s'il tenait à sa participation, il devrait payer le prix.

— Tu crois qu'elle cherchait à le décourager ? demanda Eddie.

80

— Si c'est le cas, elle s'y est mal prise, répondit Opale. Jack Trinity a faxé son accord en moins de cinq minutes.

— Vraiment ? lança Duke. Je me demande pourquoi il s'est laissé dépouiller aussi facilement.

— C'est sans doute parce que Mallory lui propose un service qu'il ne peut obtenir nulle part ailleurs, suggéra Opale.

Mais Duke était quasiment certain qu'il s'agissait d'autre chose.

— Qu'est-ce qui se passe, patron ?

Duke n'était pas surpris que son petit interrogatoire ait éveillé la curiosité d'Eddie. Opale et lui savaient pertinemment qu'il ne posait pas de questions sans raison. Il décida de leur avouer la vérité et de leur demander de l'aide.

— Mallory a une liaison avec cet homme.

— Quoi ? Tu ne parles pas sérieusement ? demanda Opale en fronçant les sourcils, une expression qu'elle évitait, généralement, à cause des rides qu'elle pouvait occasionner.

Jack hocha la tête.

— Tu en es certain, Duke ? Tu es peut-être mal informé. Je parierais qu'elle n'avait jamais rencontré cet homme avant ce matin.

S'agrippant au comptoir, Duke se remémora la scène de la matinée qui avait eu lieu dans la chambre de sa fille.

— Mes informations sont tout ce qu'il y a de plus sérieux, tu peux me croire.

— Eh bien, ça ne ressemble pas du tout à Mallory. Elle ne se précipite jamais dans une relation personnelle de cette façon.

Au ton de sa voix, Duke sentit qu'Opale s'inquiétait vraiment pour Mallory, et il apprécia sa sollicitude. Elle avait toujours été là pour lui, en toute occasion. Elle était entrée dans sa vie juste après que sa femme en était sortie, et elle l'avait aidé à vivre le quotidien avec sa fille.

Oui, Opale les avait toujours soutenus tous les deux. Au fil du temps, elle leur était devenue de plus en plus précieuse, sans jamais rien demander en échange de sa générosité : ni remerciements ni engagement. Et, en la regardant, en cet instant, il se demanda comment il avait pu être assez stupide pour passer à côté du trésor que représentait cette femme.

Oui, Eddie avait raison : il était idiot.

— D'habitude, ma fille est perspicace, dit-il. Cela dit, j'ai l'impression qu'elle n'a pas eu de liaison depuis un bon bout de temps.

— Ce qui n'est pas bon pour elle, fit remarquer Opale. Elle est jeune, belle : elle devrait s'amuser.

— Et moi, je souhaite avoir des petits-enfants. Je ne serai pas toujours là.

— Mais, pour l'instant, tu es là, Duke ! dit Opale d'une voix douce.

C'était vrai. Mais il ne voulait pas que Mallory termine sa vie toute seule, comme lui. Il menait une vie très agréable, il avait de nombreux amis, mais cela ne comptait guère lorsqu'il se réveillait, la nuit, seul dans son lit, songeant à la femme qu'il avait envie d'avoir à son côté.

Opale.

Il était le seul à blâmer.

D'autant plus que les moments qu'ils avaient passés ensemble étaient les meilleurs de sa vie.

Opale n'en savait encore rien, mais il avait bien l'intention de le lui révéler. De même qu'à Mallory. Il ne voulait pas qu'elle attende d'être aussi vieille que lui pour se rendre compte que l'amour est essentiel dans la vie, et bien plus agréable que les multiples liaisons sans lendemain.

Evidemment, Mallory ne faisait que reproduire ce qu'elle avait appris de lui. C'est-à-dire vivre l'instant présent et ne pas trop se tracasser pour l'avenir.

Néanmoins, il avait toujours su que leur vie de hors-la-loi ne pouvait qu'être source de problèmes, et il avait aidé sa fille à changer de voie. Il l'aiderait également à résoudre ses problèmes. Mais, pour cela, il allait sans doute devoir ruser parce qu'elle était devenue très futée, sa petite fille.

Il but quelques gorgées de champagne, et posa sa coupe sur le comptoir.

— J'ai besoin de réfléchir un peu à tout ça, dit-il. Pourquoi ne pas nous retrouver chez Paul, ce soir ?

— Est-ce qu'on doit y rencontrer un client ? demanda Eddie.

— D'une certaine façon, oui. J'ai un boulot pour nous. Un truc qui concerne Mallory et Trinity.

Opale secoua la tête.

— Arrête de te faire du souci, Duke. Laisse-la s'amuser.

— Opale a raison, dit Eddie. Tu joues avec le feu. Mallory va se mettre en rogne si tu te mêles de ses affaires.

Duke hocha la tête. C'était certain : Mallory n'allait pas aimer ça.

— Peut-être, mais j'ai un drôle de pressentiment. Il y a quelque chose de spécial entre ces deux-là. Il faut que je sache de quoi il retourne exactement, et j'ai besoin de votre aide pour le découvrir.

Il n'avait pas besoin d'en dire plus. Opale et Eddie acquiescèrent. Les pressentiments de Duke n'étaient jamais vains. C'étaient eux qui leur avaient évité la prison, durant toutes leurs années de collaboration.

Il avait été le seul à plonger… Mais ça, c'était une autre histoire.

Quand Mallory alluma la lumière, Jack cligna des yeux. Puis il examina le sous-sol qu'elle avait transformé en atelier.

— Alors, c'est ici que ta magie prend forme.

— Non, la magie est réservée à ma chambre à coucher. Ici, je travaille.

Dans d'autres circonstances, Jack aurait apprécié sa pointe d'humour. Mais son désir, qui s'était évanoui avec l'irruption de Duke Hunt, venait de renaître, alors qu'elle était en train d'enfiler une tenue décontractée en jersey blanc qui moulait parfaitement ses formes.

Ses cheveux, qu'elle avait laissés sécher à l'air libre, brillaient comme du quartz. Le souvenir de ses longues mèches noires glissant entre ses doigts exacerba ses sens, et il décida de se concentrer sur l'atelier qui se trouvait devant lui.

La pièce était un concentré de haute technologie, qui lui faisait penser à une version miniature de son propre laboratoire à TSS.

— Je vois que tu étudies ce qui se fait de mieux en la matière, dit-il.

— Malgré mes excellentes références, tu ne me fais toujours pas confiance ?

Il aurait aimé lui répondre par l'affirmative, mais il n'en fit rien. Il se rendait compte que ses sentiments n'étaient pas aussi clairs qu'il l'aurait souhaité.

— Je veux apprendre à te connaître.

— Tu ne me faisais pas confiance avant qu'on couche ensemble.

— Non, effectivement.

— Et, à présent, tu as envie de reconsidérer ton jugement… Est-ce que le fait de coucher avec une femme te perturbe toujours autant ?

— Non, pas toujours.

La véritable réponse était : *jamais*. Mais il ne souhaitait nullement être aussi honnête avec Mallory. Jusqu'à présent, il n'avait encore jamais couché avec une femme en qui il n'avait pas totalement confiance. Et, en même temps, s'il était honnête avec lui-même, il devait reconnaître qu'aucune des femmes qui étaient entrées dans sa vie ne lui avait donné envie de la connaître davantage.

Elle aimait répéter qu'il n'y avait pas de *nous*. Mais Jack n'en était pas certain. Quelque chose se passait entre eux, quelque chose qui avait commencé dix ans plus tôt, lors de leur rencontre accidentelle. Il avait envie de découvrir ce dont il s'agissait exactement. Et, pour cela, il avait besoin de comprendre Mallory, de découvrir comment elle travaillait, comment elle vivait et comment elle raisonnait.

— Tu me montres les spécificités de ton système ? lui demanda-t-elle, soudain concentrée sur le travail.

Il lui tendit le dossier, et elle commença aussitôt à le consulter, tandis qu'il faisait quelques pas dans la pièce. Divers objets étaient accrochés au mur. Des cordes de rappel et différents harnais… Soudain, le souvenir de Mallory, glissant silencieusement le long d'un mur, vint assaillir la mémoire de Jack.

Il se tourna vers la jeune femme, et l'observa, alors qu'elle tendait la main vers une lampe de bureau. Ses cheveux tombaient sur ses épaules, ne lui offrant que son profil si sensuel.

Hier, aujourd'hui… cette femme le fascinait toujours autant.

— Tu opères avec des systèmes environnementaux commandés à la source ? lui demanda-t-elle soudain.

— Oui. Pour mieux satisfaire mes clients.

— Tu es capable d'offrir tes services aux Etats-Unis, au Canada et à Porto Rico ? Tu as une couverture par satellite ?

Jack hocha la tête, satisfait de l'avoir surprise.

D'ici peu, elle allait découvrir que ses circuits assuraient l'intégrité du microprocesseur dans toutes les conditions, et elle serait bien obligée de reconnaître que la surveillance qu'il était à même d'effectuer était la plus performante du marché.

— Eh bien, Jack, dit-elle, tes stations de surveillance utilisent des alimentations d'énergie qu'il est impossible d'interrompre, des générateurs de puissance et de nombreux systèmes qui permettent à chaque équipement d'être sauvegardé par les autres, en cas d'urgence. C'est impressionnant.

— On dirait que tu fais ma promo.

Elle ne répondit pas, et lui brandit une copie de la brochure promotionnelle de TSS.

Il lui sourit.

Elle lui rendit son sourire.

— Tu fournis des circuits TV fermés et des vidéos de surveillance compatibles avec le Sentex 2000. Des caméras internes et externes avec différents zooms. Des vidéos interactives pour contrôler les systèmes critiques. Est-ce que tout cela est rentable ?

— Ça le sera. Je prévois d'adapter chaque système aux besoins particuliers de mes clients.

Elle le fixa du regard.

— Oh, à présent, je comprends pourquoi tu veux travailler avec moi. Tu as besoin de mon expertise pour mieux marcher sur mes plates-bandes.

— Seulement pour mes clients.

— Tes clients pourraient tout aussi bien être les miens. Et ils ne le deviendront pas, si tu leur offres les mêmes services que moi.

Jack se mit à rire.

— Honnêtement, je ne crois pas pouvoir atteindre un jour ton niveau d'expertise. Voilà pourquoi j'ai pensé à t'offrir un poste dans ma société.

— Ah oui, vraiment ?

— J'ai de grands plans pour TSS. Une personne aussi douée que toi ne pourrait que m'aider à renforcer ma position sur le marché. D'autant plus qu'en travaillant avec moi, tu ne serais plus une concurrente.

Croisant les bras, elle plongea son regard dans le sien.

— Nous n'en sommes pas encore là, dit-elle. Dis-moi plutôt pourquoi tu as fait appel à moi, Jack. J'avoue que tu as éveillé ma curiosité… Pourquoi cette offre ? Pourquoi maintenant ?

— Mis à part la question de la confiance, je ne pouvais pas te parler de tout cela dès le début.

— Tu avais peur que je te rie au nez ?

— Il y a sans doute un peu de cela, oui.

— Eh bien, tu avais deviné juste. L'argent compte beaucoup pour moi, mais ce n'est pas ma priorité.

Ça, il l'avait déjà compris. C'était le challenge qui excitait Mallory, et, apparemment, il venait de lui en offrir un beau.

— Pour l'instant, dit-il, tout ce que je peux apprendre de toi va m'aider à répondre aux besoins de mes clients. C'est déjà beaucoup.

— Pour l'instant ?

— Je t'ai dit que j'avais des plans pour l'avenir de la société. Eventuellement, il faudra que je crée un poste pour toi.

— Mes services sont d'un niveau très élevé…

Incapable de résister à son charme, Jack s'approcha d'elle et se mit à caresser doucement ses lèvres.

— Je sais, dit-il. C'est bien pour ça que j'accepte de te payer aussi cher.

Elle se mit alors à lui lécher lentement le doigt, et il se sentit troublé en la regardant faire.

— J'espère que tu n'auras pas à le regretter, dit-elle d'une voix rauque.

— Est-ce un avertissement ?

— Tu t'inquiètes à cause de mon père, n'est-ce pas ?

Bon sang, comment pouvait-elle lire aussi facilement en lui ?

Il écarta sa main, et leurs regards se croisèrent.

— J'aimerais avoir totalement confiance en toi.

— Mon contrat comporte une clause de confidentialité.

— Je sais. Mes avocats l'ont lu.

— Transmettre des informations à mon père serait un petit peu trop évident, tu ne crois pas ?

— Seulement si un tribunal pouvait prouver la complicité de ton père avec des cambrioleurs.

Elle haussa les sourcils.

— Je vois que tu as réfléchi à la question.

Il hocha la tête.

— Peut-être devrions-nous attendre, pour collaborer, que tu me connaisses mieux et que tu m'accordes ta confiance. C'est ce que tu veux ?

— Je te rappelle que nous avons déjà couché ensemble.

Elle cligna des yeux, et il remarqua dans son regard une curieuse lueur qu'il ne sut nommer.

— Tu es très romantique, décidément ! Un véritable chevalier dans sa belle armure blanche.

Il comprit aussitôt qu'elle n'était pas en train de lui faire un compliment.

— Je suis simplement une personne qui considère les événements sous tous les angles.

— C'est parfait. Donc, nous sommes d'accord sur tout. Les contrats sont signés, et nous nous comprenons parfaitement, tous les deux.

Il hocha la tête.

— Tant mieux. Parce que ton Sentex 2000 est vraiment impressionnant sur le papier. J'ai hâte de le voir en action.

Elle avait déjà replongé dans leur projet, et il savait qu'elle était impatiente de lui prouver que son système comportait des défauts.

— Tu ne remarques aucune imperfection, de visu ?

Honnêtement, il ne s'attendait pas à ce qu'elle en trouve aussi vite. Il avait confiance en son travail et en celui de ses ingénieurs. Ils avaient tous travaillé très dur pour mettre au point ce nouveau système, et leurs efforts porteraient bientôt leurs fruits. L'introduction du Sentex 2000 sur le marché projetterait TSS parmi les meilleures entreprises de sécurité, et cela faisait déjà longtemps qu'il rêvait d'acquérir une telle notoriété.

— Pas à première vue, répondit-elle enfin. Tu utilises des composants traditionnels de façon très innovante. Il y a deux ou trois choses, ici, que je remets en cause, mais il faudrait d'abord que je voie ton système en action pour en être sûre.

— Aucun problème. J'ai choisi une propriété à cambrioler.

— Tu en as déjà parlé avec ton client ?

— Bien sûr !

— Parfait. Il est donc d'accord pour que nous cambriolions sa propriété ? Tu as son accord signé ?

Jack fouilla dans son attaché-case, et en retira une pile de documents qu'il lui tendit.

— Voilà tout ce qu'il faut pour te couvrir de manière légale. Mes avocats ont déjà tout vérifié. Et ils ont fait un double pour moi.

— Ces documents sont essentiels. Je suis sûre que tu es d'accord avec moi.

Jack inclina la tête, mais, avant qu'il ait le temps de prononcer une seule parole, elle reprit :

— Tu étais absolument certain que j'accepterais tes conditions, n'est-ce pas ?

— Disons que je n'avais pas l'intention d'accepter un refus.

— Si j'ai bien compris, tu n'es pas seulement romantique, mais également très déterminé.

Se penchant vers elle, il huma la délicieuse senteur de ses cheveux encore humides, et approcha sa bouche de son oreille.

— Très déterminé.

— Parfait, dit-elle. Tout ce que j'ai besoin de savoir, à présent, c'est le nom de la propriété, et ce que tu souhaites que je vole.

Jacques fronça les sourcils.

90

— Oublie cette idée de vol, tu veux ?

Mallory se haussa sur la pointe des pieds et, cette fois, ce fut elle qui chuchota à son oreille :

— S'il n'y a rien à voler, ce n'est pas drôle.

Jack eut l'impression que sa pression artérielle dégringolait à zéro, et il inspira profondément.

— Pourquoi ne me trouves-tu pas une petite chose à voler ? reprit-elle tout bas. Comme ça, je te montrerai comment je m'y prends pour organiser un cambriolage.

Ses paroles résonnèrent en lui comme une promesse.

7.

Le soleil se couchait lorsque Mallory s'installa sur son canapé avec une tasse de café. Elle admira un instant les nuances d'or qui se fondaient dans le ciel avant de se pencher sur les contrats qui portaient la signature de Jack.

Il ne lui avait pas dit à quel moment il viendrait prendre sa première leçon de cambriolage, mais elle était certaine qu'il ne tarderait pas.

Elle but une gorgée de café, et regarda le soleil descendre à travers les arbres du parc, de l'autre côté de la rue. Jack lui proposait un challenge auquel elle ne s'attendait pas, mais, après une période de surprise, elle devait reconnaître qu'elle appréciait énormément le jeu. D'autant plus que sa vie sexuelle avait été plutôt morne, ces derniers temps.

Jack était arrivé au bon moment. Non seulement, il avait réveillé sa libido, mais ce passage à l'acte allait lui permettre d'exorciser la fascination qu'il exerçait sur elle depuis toutes ces années.

Le souvenir de leurs étreintes lui fit chaud au cœur. Et aussi partout ailleurs…

Par contre, il allait falloir qu'elle réfléchisse à son comportement vis-à-vis de son père. Certes, il montrait toujours beaucoup d'intérêt pour son travail et lui offrait souvent ses conseils, mais, en ce qui concernait Jack, elle le trouvait déjà bien trop curieux. D'ailleurs, elle ne s'était pas du tout attendue à ce qu'il surgisse comme ça, au beau milieu de leur... entretien.

Durant quelques instants, elle s'était dit qu'il devait savoir que Jack était responsable de son incarcération. Mais, après les avoir vus ensemble, surtout dans des circonstances aussi particulières, elle avait compris qu'il n'en était rien.

En tout cas, maintenant, il savait qu'elle avait une liaison avec Jack. Elle avait compté sur leur relation professionnelle pour servir de couverture à leur liaison. Désormais, son plan était fichu. Complètement fichu, d'ailleurs, si elle avait bien deviné les pensées de son père. Aucun doute qu'en cet instant, toute son équipe devait être au courant, ce qui allait susciter des questions délicates et d'inévitables mensonges.

Certes, son père était bien intentionné, elle le savait. Ce qu'il voulait pour elle, c'était un beau mariage et une vie de famille épanouie.

Toujours cette image de petite maison entourée d'un jardin avec une belle barrière blanche...

Lorsque le téléphone sonna, elle jeta un coup d'œil au numéro qui s'affichait, et poussa un soupir de soulagement.

— Lance ?

— Non, c'est Kyle.

En effet, la jeune femme reconnut la voix du meilleur ami de Lance.

— Qu'est-ce qu'il se passe ? lui demanda-t-elle d'une voix inquiète.

— Eh bien... c'est Lance.

— Qu'est-ce qu'il lui est arrivé ? Où est-il ?

Main Mall était un quartier miteux. Jack savait parfaitement qu'à cette heure, les seules personnes qui traînaient dans le coin n'étaient là que pour de mauvaises raisons.

Mallory ne lui demanda pas de s'arrêter, mais lui indiqua un quartier encore plus pouilleux qui se situait juste après, et il se félicita de l'avoir accompagnée.

— Tourne à gauche, ici, et fais une marche arrière, dit-elle en cachant son sac sous le siège.

Jack se retrouva sur un parking dans une petite rue obscure faiblement éclairée par quelques réverbères. De la musique surgissait d'une porte grande ouverte sur laquelle on pouvait lire le nom de Big Jim.

Ils contournèrent l'immeuble, et parvinrent à la porte arrière de l'établissement.

En ouvrant sa portière, Mallory jeta un regard à son compagnon.

— Reste là, lui dit-elle. Je reviens tout de suite.

Jack regarda tout autour de lui. La rue était sombre. Il sortit aussitôt de la voiture.

Mallory commença par scruter les alentours. Puis elle se dirigea vers ce qui semblait être un enchevêtrement de cartons. Jack était juste derrière elle, mais elle ne semblait pas s'en rendre compte, et elle se mit à fouiller au milieu des cartons.

— Mallory, laisse-moi...

Il s'interrompit aussitôt en découvrant un adolescent affalé contre le mur.

En une seconde, Mallory s'agenouilla à côté de lui, et posa ses doigts sur sa gorge pour chercher son pouls. Puis elle lui souleva le menton et le força à la regarder.

— Parle-moi, Lance. Allez, réveille-toi !

Le gosse était complètement dans les vapes. L'obscurité dissimulait ses traits, mais Jack remarqua une légère barbe sur ses joues et l'éclat argenté d'un piercing dans l'un de ses sourcils. Quant à ses cheveux, ils étaient tellement sales qu'il était difficile d'en déterminer la couleur. Sa chemise et son jean, deux fois trop grand pour lui, n'étaient pas, eux non plus, au mieux de leur forme.

— Qui est-ce ? demanda Jack.

— Un ami, répondit Mallory, sans même le regarder.

Il n'insista pas. L'heure n'était pas aux questions.

Mallory prit le jeune homme par les épaules et, comme elle écartait ses propres cheveux de son visage, Jack remarqua qu'elle semblait vraiment inquiète.

S'agenouillant à côté d'elle, il passa son épaule sous le bras du garçon et tenta de le relever.

Lance gémit et essaya de le repousser. Jack réussit, finalement, à l'asseoir contre le mur, et Mallory l'obligea à redresser la tête afin de soulever ses paupières et d'observer ses pupilles.

— Parle-moi, Lance ! J'ai besoin de savoir ce que tu as pris.

Lance grogna.

Poussant un profond soupir, Mallory inspecta les poches de sa chemise, puis celles de son pantalon, et finit par trouver un petit tube de verre.

— Du crack !

— Apparemment, il a dû boire aussi beaucoup, dit Jack.

Du bout du doigt, elle souleva le menton de Lance, et s'adressa à lui d'un ton sec.

— Ou tu me parles maintenant, ou je te balance sur le siège arrière de la voiture et je t'emmène directement aux urgences. Ensuite, j'appellerai ton père.

Lance soupira bruyamment et secoua la tête, comme s'il essayait de clarifier ses idées.

— J'ai trop bu, marmonna-t-il.

Mallory fronça les sourcils.

— Tu vas le croire ? demanda Jack, sans autre commentaire.

— Je ne sais pas encore. Je vais voir si je peux le faire parler.

Jack se redressa, et réussit à remettre Lance sur ses pieds.

— Allons-y, mec ! On va marcher un peu.

A eux deux, ils réussirent à le faire avancer. Lance semblait même sortir peu à peu de sa torpeur.

— Comment savais-tu qu'il était ici ? demanda Jack.

— Un ami m'a appelée.

Il tourna la tête vers elle et, malgré l'obscurité, il perçut nettement les lueurs d'inquiétude qui assombrissaient ses yeux, malgré les tentatives qu'elle faisait pour ne pas lui montrer à quel point elle était affectée.

— Installons-le dans la voiture. Il a l'air d'aller un peu mieux. Si ça n'est pas le cas, je le conduirai à l'hôpital.

Elle hocha la tête.

Lance était suffisamment conscient pour participer. Quand il fut installé sur le siège arrière, Jack lui boucla sa ceinture de sécurité, tandis que Mallory secouait la tête de dépit.

Elle monta en voiture, et essaya d'entamer une conversation avec Lance. Il ne lui répondit que par monosyllabes, mais elle semblait, malgré tout, satisfaite.

— Ramenons-le chez lui, dit-elle en indiquant la direction à Jack.

Il se contenta d'acquiescer. Pourtant, il savait qu'elle était inquiète. Son comportement l'exprimait bien plus que des mots. Voilà, il découvrait une autre pièce du puzzle que représentait Mallory, une pièce qui lui révélait une femme vulnérable, malgré une façade solide, et qui lui prouvait à quel point il la connaissait peu.

Il eut hâte, tout à coup, de tout savoir d'elle.

— Dirige-toi vers ce salon de tatouages, dit-elle, au bout de quelques instants.

Soudain, Lance sembla s'agiter.

— Oh non… Ne le laisse pas…

Ses paroles s'évanouirent sur ses lèvres et, en le contemplant dans le rétroviseur, Jack remarqua qu'il fronçait les sourcils, tout comme Mallory. D'ailleurs, la jeune femme évitait, tout bonnement, de le regarder, lui.

— Ecoute, Lance, je te propose un deal. Si tu me promets de rester sage, nous dépassons le salon et nous te raccompagnons directement chez toi. Ensuite, j'appellerai ton père. C'est le mieux que je puisse faire.

Le ton de sa voix ne laissait aucune place aux arguments. Mais Jack se demanda si c'était une bonne idée de faire confiance à cet adolescent.

— A qui appartient cette boutique ? demanda-t-il en se garant derrière une Mercedes.

— Au père de Lance. Vite, dépêchons-nous !

A eux deux, ils aidèrent Lance à monter l'escalier qui conduisait à l'appartement. Et là, Jack fut stupéfait de voir Mallory ouvrir la porte avec ses propres clés.

Une autre pièce du puzzle.

Apparemment, Lance et son père faisaient partie de ses amis très *très* proches.

Tandis que Mallory installait l'adolescent dans son lit, Jack jeta un coup d'œil autour de lui, et fut surpris du confort de la maison.

Quelques instants plus tard, la jeune femme réapparut dans le salon.

— Allons-y ! dit-elle. Il faut que j'appelle son père. Pour l'instant, Lance va bien, mais je ne veux pas qu'il reste seul trop longtemps.

Elle poussa Jack dehors, et referma la porte à clé, jetant un coup d'œil aux voitures garées en bas.

Silencieusement, Jack ajouta une autre question à sa liste. Ils reprirent la voiture, et Mallory attendit qu'il ait fait marche arrière pour prendre son téléphone cellulaire dans son sac et composer un numéro.

— Bonjour, Paul, dit-elle d'une voix faussement enjouée. Devine qui je viens de border dans son lit !

Même s'il ne distinguait pas ses paroles, Jack entendit la voix de l'homme au bout du fil. Au fur et à mesure que Mallory détaillait les événements qui les avaient conduits dans l'arrière-cour de Big Jim, elle éloignait le récepteur de son oreille.

— Il était dans un sale état, mais j'ai quand même réussi à le ramener à la maison. Il va falloir que tu gardes un œil sur lui.

Jack s'arrêta à un feu, et tourna la tête vers Mallory, qui était en train de se masser la tempe d'une main.

— Je sais, disait-elle à son correspondant. J'ai vu que vous étiez tous là. Dis à papa que je ne me suis pas arrêtée parce que je vous croyais avec un client.

Un rendez-vous d'affaires, la nuit, dans un salon de tatouage, ça ressemblait fort à une association de malfaiteurs, se dit Jack.

Mallory termina sa conversation, et rangea son téléphone dans son sac.

— Merci de ton aide, Jack. Sans toi, j'aurais eu du mal à ramener Lance chez lui. Et merci de ne pas m'avoir cuisinée à son sujet.

— Tu as remarqué.

— Oui.

— Apparemment, Lance est un ami proche. Ainsi que son père.

Il ne posait aucune question, se contentant d'énumérer les faits. Le choix de poursuivre la discussion appartenait à Mallory.

Elle le contempla un long moment avant de parler.

— Il y a bien longtemps, j'ai vécu avec Lance et son père.

— Pendant que ton père était en prison ?

— Oui.

— Donc, ce... fameux Paul et sa famille sont les personnes qui ont pris soin de toi. Quand j'ai su que tu étais mineure, je me suis demandé ce qui allait t'arriver.

— C'est vrai, Jack ? Ainsi, tu as suivi le procès. Pourquoi ? Pour être certain que tous les voleurs allaient être mis sous les verrous ?

Bien qu'elle n'ait pas quitté la route du regard, il sut qu'elle ressentait un vif ressentiment à son égard.

Une autre pièce du puzzle.

— Pas du tout. C'était toi qui m'intéressais. Je ne savais rien de toi, et j'avais besoin de comprendre pourquoi tu te retrouvais dans une telle situation.

— Alors ? Tu as compris ?

— Pas vraiment, mais j'aimerais.

Elle ne répondit rien, mais, à son silence, il devina que sa franchise l'avait surprise.

— Paul était le bras droit de mon père. Ils se sont connus bien avant ma naissance.

Un ami proche de la famille. L'équipe de cambrioleurs.

— C'était l'un des complices de mon père. Ils travaillaient ensemble, à l'intérieur. Opale était spécialiste de la surveillance, et Eddie s'occupait des alarmes.

— Et ton père ?

— Il ouvrait les coffres et volait leur contenu.

Cette discussion semblait tout à fait normale pour elle, comme si elle décrivait les activités de médecins ou d'avocats.

— Quand ont-ils décidé de tout arrêter ?

— Après le cambriolage d'Innovative.

Lorsque leur chef s'était retrouvé en prison.

— Pourtant, seul ton père a été condamné. Il aurait peut-être bénéficié d'une réduction de peine, s'il avait livré ses complices ?

— Jamais il n'aurait fait ça. C'était son équipe. Son devoir était de les protéger.

Toujours cette histoire d'honneur !

— Donc, maintenant, l'équipe est reformée, et tout le monde travaille dans son affaire…

Pour toute réponse, elle se contenta de hausser les épaules.

— Bon, reprit Jack, tu es donc allée vivre chez Paul, après l'arrestation de ton père.

— Pas tout de suite. Je me suis d'abord retrouvée dans une famille d'accueil.

— Tu y es restée longtemps ?

— Six mois. Jusqu'à ce que Paul et Opale se marient et prouvent au tribunal qu'ils pouvaient m'offrir un foyer stable.

— Paul et Opale sont mariés, mais Lance n'est pas le fils d'Opale ?

— Ils ne se sont mariés que pour pouvoir me récupérer. Dès que j'ai eu dix-huit ans, ils ont divorcé. La mère de Lance était décédée d'un cancer, quelques années plus tôt.

Jack resta silencieux, et observa la route qui s'étendait devant lui. La loyauté de Duke Hunt envers son équipe, et celle de l'équipe envers son patron, lui paraissaient exemplaires. Néanmoins, il ignorait tout de leur milieu. En ce qui le concernait, ses proches avaient toujours été présents pour lui, en toutes circonstances, et ce serait toujours le cas, il n'avait aucun doute là-dessus.

Néanmoins, ce que Mallory venait de lui raconter expliquait largement pourquoi elle avait couru au secours de Lance, ce soir. C'était la loyauté qui l'avait guidée. Lance était son ami, et elle se devait de l'aider…

— Pourquoi m'as-tu demandé de ne pas parler d'Innovative devant ton père ?

La question parut la surprendre.

— Je pensais que c'était évident, répondit-elle.

— Je ne suis pas sûr de comprendre.

Elle poussa un profond soupir.

— Tu n'as pas remarqué que mon père t'observait ? Il t'évaluait. J'avais l'impression qu'il ne se déciderait jamais à partir.

— Mais pourquoi diable avait-il besoin de m'évaluer, comme tu dis ?

— Pour mieux te disculper.

De quoi, exactement ? Il ne posa pas la question.

— Je ne comprends toujours pas pourquoi tu refuses que je parle d'Innovative.

Mallory poussa un soupir d'exaspération, qui ne semblait nullement feint, et il se sentit stupide parce que, apparemment, quelque chose lui échappait, qu'elle-même considérait comme évident.

— Honnêtement, Jack, crois-tu que mon père serait d'accord pour que je te fréquente s'il savait que c'est à toi qu'il doit ses années de prison ?

Soudain, le temps sembla suspendu. Les paroles de Mallory pénétrèrent lentement son cerveau...

Ainsi, Mallory s'imaginait qu'il avait activé l'alarme.

Aussitôt, il eut envie de rire. Mais il se contenta de serrer le volant un peu plus fort entre ses mains, s'interdisant de quitter la route des yeux.

Lors de cette fameuse nuit, sa vie avait pris un véritable tournant, à cause de son indécision. Et Mallory, elle, semblait n'avoir aucun doute...

— Si ton père ignore tout de ma responsabilité dans cette affaire, il y a une bonne raison à cela, dit-il, surpris de se sentir aussi serein.

— Vraiment ? demanda-t-elle d'un ton suspicieux. Et laquelle ?

— Parce que ce n'est pas moi qui ai donné l'alarme.

8.

Au cours des dernières années, le salon de tatouage était devenu, grâce aux talents de Paul, une véritable institution, à Atlanta. L'homme était aussi doué pour créer des images sur les corps que pour concevoir des composants qui permettaient à Duke et à son équipe de pénétrer sur les lieux de leurs cambriolages avec une incroyable facilité et en toute sécurité.

Duke n'avait pas été surpris lorsque Paul avait ouvert ce salon, après sa retraite. Il aimait la simplicité du lieu, qui ne s'animait que lorsque le soir tombait. L'endroit ne comportait aucune fioriture ; il n'était équipé que de lampes, de chaises hydrauliques et de multiples miroirs.

Et la grande fierté de Paul, c'était la table de billard qui trônait au milieu de cet espace.

Paul était un homme plutôt bourru, porté sur les bières brunes et les cigares cubains, dont il avait toujours un exemplaire au coin de la bouche, même lorsqu'il travaillait. La plupart des clients l'acceptaient, considérant que c'était le prix à payer pour bénéficier d'un tatouage original et parfaitement exécuté.

— Que ta fille soit bénie ! lança-t-il en apparaissant derrière le comptoir.

— Comment va Lance ? demanda Opale en s'asseyant dans l'un des fauteuils hydrauliques.

Paul retira le cigare de ses lèvres et le jeta dans un cendrier.

— Il dort à l'étage.

Duke, qui admirait les jambes superbes d'Opale qu'elle avait croisées devant elle, détourna les yeux à regret pour regarder son vieil ami.

— Où Mallory l'a-t-elle trouvé ?

— Elle l'a ramassé par terre derrière chez Big Jim.

— Big Jim la laissé entrer chez lui ?

Eddie croisa les bras sur sa poitrine et émit un petit sifflement.

— Je me serais plutôt attendu à ce qu'il appelle la police. On dirait que, finalement, il ne t'en veut plus de lui avoir piqué Connie.

Paul secoua la tête.

— Je ne parierais pas là-dessus. D'après ce que m'a dit Mallory, Jim ne savait pas que Lance se trouvait là. Ce gamin a la chance du diable.

— Espérons que cette chance ne le quittera pas trop tôt, dit Opale.

— Elle a raison, Paul ! lança Duke. Ça dure depuis trop longtemps. Lance n'a pas l'air de reprendre le dessus.

— Ce fichu gosse me rendra dingue ! bougonna Paul en donnant un coup de poing sur le comptoir.

— Vous ne pouvez pas continuer comme ça, Paul, dit Opale d'une voix douce. Ça ne vous rend pas service, ni à l'un ni à l'autre.

108

— Qu'est-ce que je peux faire d'autre ? Le jeter à la rue ?

Duke s'appuya contre la table de billard.

— Il lui faut de l'aide.

Paul se renfrogna.

— Il n'acceptera jamais d'aller voir un toubib. Et, si je le force, il sera capable de foutre le camp.

— Il est toujours revenu, jusqu'à présent, lui fit remarquer Opale.

— Elle a raison, mec, dit Eddie. Il sait pertinemment que tu ne l'obligeras pas à aller voir qui que ce soit, et il en profite pour faire tout ce qu'il lui plaît.

Duke songea qu'il ne s'était pas fait autant de souci pour son ami Paul depuis bien longtemps. Depuis la mort de sa femme, en réalité.

— On s'inquiète tous pour lui, et aussi pour toi, avoua-t-il. Aucun de nous n'a envie de voir Lance se brûler les ailes.

— Certainement pas ! lança Opale. Ce qu'on souhaite, c'est qu'il profite de la vie. C'est un garçon intelligent…

— Si Connie était encore là, il aurait peut-être une chance, dit Paul en soupirant.

Opale se leva, et vint poser une main sur son épaule.

— Tu as parfaitement bien élevé Lance, lui dit-elle. Tu as fait tout ce que tu as pu. Tu n'as rien à te reprocher.

Depuis la mort de Connie, Paule avait essayé de remplir à la fois le rôle de père et celui de mère. C'était déjà une mission délicate lorsqu'on menait une vie stable. Mais Paul, lui, multipliait les difficultés.

— Penses-y, dit Duke. Tu as fait de ton mieux. Maintenant, ce gosse a besoin d'une aide extérieure. On est tous là, si tu as besoin de nous.

Paul croisa son regard et hocha la tête. Puis il reprit son cigare, et le coinça entre ses lèvres.

— On dirait que nos enfants nous en font voir de toutes les couleurs, hein, Duke ? Lance m'a demandé qui était le type qui accompagnait Mallory.

— Qui ça ? demanda Duke.

Voilà une nouvelle qui le surprenait.

— Lance m'a dit qu'il s'appelait Jack. C'est sans doute l'homme dont nous avons déjà parlé. D'après ses dires, ce type l'a pris sur son épaule et l'a ramené à la maison. Tu lui diras merci de ma part, quand tu le verras.

Duke hocha la tête.

— Je n'y manquerai pas. Sa présence explique certainement le fait que Mallory ne soit pas venue nous rejoindre. J'aimerais bien savoir ce qu'elle fait… Sacrés gamins ! Plus ils vieillissent, plus on se fait de soucis pour eux.

— A qui le dis-tu ! bougonna Paul.

— Courage, les amis ! Vous n'allez pas résoudre tous les problèmes du monde en une seule nuit, dit Opale. Mais toi, Paul, suis les conseils de Duke, et trouve un spécialiste pour aider Lance. D'ailleurs, ça ne te ferait pas de mal à toi non plus de parler à un psy. Il pourrait te proposer d'autres méthodes pour aider ton fils.

— Excellente suggestion ! déclara Duke en croisant son regard.

— Je suis ravie que tu apprécies mes conseils, dit Opale. Parce que j'en ai également un pour toi. Fiche la paix à ta fille.

— Celui-là, tu ne l'as pas volé, patron ! lança Eddie en riant.

— Impossible, ma beauté, répondit Duke en s'adressant à Opale. Il se passe quelque chose entre Mallory et Jack

Trinity. Qu'est-ce qu'il lui a pris de l'emmener avec elle pour s'occuper de Lance ? A quand remonte la dernière fois où vous l'avez vue se faire accompagner ainsi ?

Seuls quelques haussements d'épaules lui répondirent.

— Je ne vois toujours pas où est le problème, dit Opale. C'est toi qui souhaites que Mallory se stabilise enfin. Est-ce que Jack Trinity te déplaît à ce point ?

— Je le connais bien trop peu pour savoir si je l'apprécie ou pas, rétorqua Duke. Cela dit, il n'a rien d'une poule mouillée. Il était à demi nu dans la chambre de ma fille, et il a eu l'audace de me demander si j'avais l'intention de questionner Mallory à propos de son nouveau système de sécurité.

— Tu ne lui as pas flanqué ton poing dans la figure ? demanda Paul.

— Crois-moi, j'en ai eu sacrément envie. Mais je me suis dit qu'il valait mieux apprendre à le connaître.

— Pourquoi ? demanda Eddie.

— Je ne l'ai jamais rencontré, mais il m'a paru familier. Comme si je l'avais déjà vu quelque part. J'ai beau fouiller ma mémoire, je suis incapable de me rappeler où.

— Qu'est-ce qui te tracasse, au juste ? demanda Paul.

— Eh bien... Mallory le laisse travailler avec elle pendant qu'elle teste son système.

— Tu plaisantes ? lança Eddie.

Duke secoua la tête.

— Alors, là, tu as raison : elle se comporte d'une façon bizarre.

— Est-ce que ce Jack Trinity est mignon, au moins ? demanda Opale.

— Je suppose, bougonna Duke. Enfin, si on aime les blonds.

— Laissons-la donc vivre sa vie ! conclut Opale.

Duke fronça les sourcils. Il était toujours anxieux lorsqu'il s'agissait de sa fille et de ses petits amis. Vraiment, il était temps que Mallory se lie avec un homme de façon durable.

— Opale a raison. Revenons au boulot. J'ai un plan, et j'ai besoin de votre aide. Voilà, je veux que chacun d'entre vous fasse une apparition chez ma fille lorsqu'elle travaille avec Trinity. Soyez à l'affût. Il faut que je sache ce qui se trame entre ces deux-là.

— A ton avis, c'est un coup de foudre ?

— Eddie, comme tu es romantique ! dit Opale.

— Rien ne me ferait plus plaisir, avoua Duke. Mais je suis réaliste, et ça ne ressemble pas à ma fille. Opale, je compte particulièrement sur toi pour cette mission. Mallory va travailler avec Jack dans son atelier, au cours des prochains jours. Tu pourras donc passer à l'improviste quand bon te semblera. Essaie d'apprendre quelque chose. Quant à toi, Eddie, j'ai suggéré à Mallory de t'appeler pour te demander si elle peut utiliser ta boutique pour entraîner Jack.

— D'accord, patron. Je jouerai mon rôle.

— Et moi, Duke ? demanda Paul.

Eddie lui fit un clin d'œil.

— Tu n'as qu'à offrir un tatouage à son petit ami ! Deux cœurs enlacés sur la fesse, par exemple.

— D'accord. Et je t'en ferai un à toi aussi.

— Paul, je crois que tu as déjà pas mal à faire avec Lance ! dit Duke.

Visiblement, Paul n'était pas satisfait de sa réponse, mais il s'abstint de tout commentaire. Il connaissait les règles. Si Duke n'avait pas besoin de lui sur ce coup-là...

— D'accord, je reste à l'écart jusqu'à ce qu'une opportunité se présente. Je dois un service à Mallory, de toute façon.

Duke hocha la tête, signifiant par là qu'il acceptait le compromis.

— Allons-y, dit-il. Que chacun accomplisse sa mission, et appelez-moi quand vous aurez quelque chose. Paul, tu as besoin d'un coup de main, là-haut ?

Paul secoua la tête, et les quatre compères se dirigèrent vers la porte de derrière.

Ils se saluèrent, et chacun partit de son côté. Paul grimpa l'escalier jusque chez lui, Eddie fit vrombir le moteur de sa Porsche, tandis que Duke faisait signe à Opale de rester avec lui.

— Qu'y a-t-il, Duke ? lui demanda-t-elle.

— Laisse ta voiture ici. Je veux faire un détour et passer devant chez Mallory pour voir si la voiture de Jack est garée sur son parking. Ensuite, je t'emmène chez moi pour la nuit.

Surprise, elle leva les yeux vers lui.

— Ça faisait longtemps.

— Trop longtemps.

— C'est bien toi qui en as décidé ainsi. Moi, j'avais de la place pour toi dans mon emploi du temps.

— Je sais.

C'était vrai, il était le seul à blâmer. Quand il l'avait rencontrée, il avait dû mener une véritable entreprise de séduction pour l'amener dans son lit. Elle ne lui avait pas facilité les choses, et avait représenté un véritable défi pour lui. Il la désirait bien trop. Comme le disait Eddie, il avait été stupide de ne pas se lier plus profondément avec elle. Mais, heureusement, il n'était pas trop tard pour réparer ses erreurs...

Il prit la main d'Opale, la porta à ses lèvres et y déposa un baiser.

— J'avais besoin de temps pour réfléchir et savoir ce que je voulais faire exactement… avec toi.

Elle enlaça ses doigts aux siens.

— Et tu as la réponse, aujourd'hui ?

— Je veux que tu tiennes une place beaucoup plus grande dans ma vie.

— Ça alors ! Une place plus grande pour moi, et des petits-enfants que te donnerait Mallory… Tu deviens sentimental, mon vieux !

— Non, Opale. Je grandis.

— Tu prétends que tu n'as jamais actionné cette alarme, Jack ?

Mallory entra dans le vestibule et jeta ses clés sur la table basse.

— C'est ce que je viens de te dire.

Elle le transperça du regard. Sa première impulsion fut de le traiter de menteur. Pourtant, elle avait bien vu que sa surprise n'était pas feinte. Pas plus que sa curiosité. D'ailleurs, comment un homme aussi droit que lui pourrait-il se tenir ainsi en face d'elle et lui mentir ?

Elle le devinerait aussitôt.

— Il faut que nous parlions, dit-elle. Mais j'ai l'impression que ma tête est sur le point d'exploser. Laisse-moi un instant, je vais chercher de l'aspirine.

Elle se dirigea vers la cuisine, tout en essayant d'y voir clair dans ses pensées. Quelque chose ne collait pas.

Son père prétendait avoir lui-même déclenché l'alarme, mais elle ne pouvait se résoudre à le croire. Duke Hunt ne commettait pas d'erreur. En tout cas, pas d'erreur aussi stupide que celle-ci.

Quelque chose d'étrange s'était passé durant le cambriolage d'Innovative, et elle devait découvrir quoi.

Après avoir avalé ses comprimés, elle se dirigea vers le salon. Elle y trouva Jack, debout devant la cheminée, l'air aussi perturbé qu'elle.

— Qu'est-ce qui te fait penser que c'est moi qui ai activé cette alarme ? demanda-t-il.

Elle s'assit sur le canapé, et le regarda droit dans les yeux.

— Qui d'autre se trouvait dans l'immeuble, cette nuit-là, Jack ?

— Le vigile. Je pensais que c'était lui qui avait donné l'alarme.

— Impossible. Il a été neutralisé avant que mon père ne pénètre dans la chambre forte et que je te rencontre. Opale et Eddie ont sécurisé le poste de surveillance. Le vigile n'aurait jamais pu donner l'alarme.

Jack hocha la tête.

— En quoi consistait exactement ton travail, cette nuit-là ?

— Sécuriser la sortie de mon père. Il m'aurait suffi de te tenir à distance deux minutes de plus pour qu'il puisse terminer son travail et sortir.

— Tu m'as parfaitement… tenu à distance, comme tu dis.

— Oui. Et nous sommes tous sortis. Mais la police est arrivée avant que mon père ne quitte les lieux.

Les images lui revenaient à l'esprit, réveillant sa culpabilité. Si elle avait immédiatement prévenu Paul de l'intrusion d'une autre personne, Duke aurait pu sortir à temps. Même si Jack s'était précipité pour déclencher l'alarme…

Mais il ne l'avait pas fait. C'était, du moins, ce qu'il prétendait.

Qu'est-ce que tout cela signifiait ?

— Il n'y avait personne d'autre sur les lieux, à part toi et le vigile, reprit-elle.

— Je n'ai pas activé cette alarme, Mallory, répéta Jack d'une voix calme.

Elle le regarda de nouveau, intensément.

Et elle sut qu'il ne mentait pas.

Comment accepter cela ? Comment reconnaître que, envers et contre tout, elle avait confiance en lui ?

— Pourquoi te croirais-je ? lui demanda-t-elle.

— Parce que je dis la vérité.

C'était si simple. Au fond d'elle-même, elle savait qu'il disait vrai. Mais elle refusait de le lui avouer.

— Et tu aurais laissé passer l'occasion de prouver ta loyauté à tes supérieurs, et d'obtenir une promotion ? reprit-elle.

Les mots semblaient sortir de sa bouche sans qu'elle puisse les contrôler. Jack ne cilla pas.

— Visiblement, lorsque tu as mené ton enquête sur moi, tu n'as pas beaucoup approfondi tes recherches, dit-il d'un ton ferme. Si tu l'avais fait, tu aurais découvert qu'après cette nuit-là, je n'ai plus jamais travaillé pour Innovative.

Soudain, le silence se fit entre eux. Mallory se sentait complètement abasourdie. Jack aurait pu lui conseiller de chercher elle-même la suite de l'histoire et partir en claquant la porte. Pourtant, il n'en fit rien.

— Pourquoi ? demanda-t-elle. On t'a demandé de démissionner ?

Jack hocha la tête.

Il fallut quelques instants à Mallory pour comprendre tout ce que cet aveu impliquait. Durant toutes ces années, elle avait cru que sa vie et celles des personnes qu'elle aimait avaient brutalement été perturbées à cause de sa rencontre avec cet homme. Elle savait que son père lui avait menti afin qu'elle ne se sente pas coupable, et elle avait toujours présumé que Jack était le seul responsable. En tant qu'honnête citoyen, il ne pouvait que se réjouir d'avoir aidé à l'arrestation d'un cambrioleur.

Jamais elle n'avait envisagé un autre scénario.

Pas une seule fois.

Soudain, une pensée la surprit.

— Pourquoi n'as-tu pas activé cette alarme, Jack ?

Il lui fit carrément face, lui livrant son expression, dans laquelle elle reconnut une vague d'émotions contradictoires, qui avaient dû le perturber durant ces longues années, tout comme elle.

— Je ne pouvais pas me résoudre à envoyer en prison une femme aussi belle, dit-il enfin.

Mallory ne savait plus que dire.

Mon Dieu ! Elle avait besoin de réfléchir.

Se massant les tempes, elle détourna son regard de celui de Jack. Elle était épuisée, ébranlée. Jack en avait conscience, et elle détestait cela. Elle n'aimait pas lui paraître vulnérable, comme cela avait déjà été le cas, ce soir, lorsqu'ils avaient porté secours à Lance. Jamais elle n'aurait dû l'emmener avec elle. Lance était sa famille, et elle ne voulait pas que ses amants pénètrent dans son univers familial.

En tout cas, si Jack disait vrai, il avait perdu son emploi par grandeur d'âme. Et elle l'avait accusé à tort. Jamais elle n'avait mis sa culpabilité en doute. Pas une seule fois en dix ans.

Elle s'était presque attendue à ce qu'il s'en aille, furieux, après lui avoir jeté sa stupidité à la tête.

Mais il se contenta de traverser la pièce et de s'asseoir à l'autre bout du canapé.

— Viens ici, dit-il doucement en tapotant le coussin à côté de lui.

Avant même qu'elle ne songe à résister, il l'attira vers lui, guidant sa tête contre sa poitrine, et caressant doucement son dos.

— Comment te sens-tu ?

Elle soupira, incapable de prononcer un seul mot.

— Détends-toi, dit-il. Nous allons régler ça tous les deux.

Ensemble.

Il ne prononça pas le mot, mais il était là ; il flottait entre eux.

Elle se laissa fondre sous ses caresses. Lovée contre lui, elle sentait la chaleur de son corps à travers son jean et sa chemise de coton. Elle était si bien. Jack semblait toujours si parfaitement maître de lui et de ses émotions.

— Si tu n'as pas mis l'alarme en marche, Jack, alors qui l'a fait ? demanda-t-elle, cherchant à oublier sa propre vulnérabilité.

— Tu es certaine qu'elle n'a pas été activée depuis le poste de contrôle ?

— Non, je n'en suis pas sûre.

Elle ne pouvait se résoudre à lui avouer que son père s'était accusé lui-même. C'était une histoire de famille, et elle refusait d'y mêler Jack. D'autant plus que les sentiments qu'elle lui portait étaient particulièrement confus.

— Il faudrait qu'on se procure les rapports de Golden Hawk, dit-il. C'est la compagnie de sécurité avec laquelle Innovative travaillait, à l'époque.

— Ils se sont retirés du marché, il y a longtemps.

— Est-ce que leurs rapports n'ont pas été mentionnés comme preuves, lors du procès de ton père ?

— Peut-être qu'il y a prescription ?

— Je peux demander à mes avocats d'enquêter…

— Non, merci. J'ai un ami qui pourra mener l'enquête en toute discrétion.

La dernière chose qu'elle souhaitait était que son père ait vent de ses recherches.

— Dans ce cas, appelle-le dès demain matin… Mais dis-moi une chose. Est-ce que tu m'as toujours cru responsable de ce qui s'était passé, cette nuit-là ?

Elle se demanda pourquoi il prenait la peine de poser la question. Son ressentiment était-il si évident ?

— Pas complètement responsable.

— Non ?

— Se faire prendre est l'un des risques du métier.

Elle ne souhaitait nullement lui expliquer le sentiment de trahison et la blessure qu'elle avait éprouvés, à l'époque… et qui duraient toujours.

— Tu voulais te venger de moi ? C'est pour ça que tu as accepté ma proposition ?

Il s'était montré honnête avec elle. Elle songea qu'elle devait l'être à son tour.

— Oui, répondit-elle.

— Qu'avais-tu prévu de faire ?

— Je voulais te baiser.

Ses paroles crues résonnèrent dans le silence.

— Je suppose que tu ne parles pas de sexe. Qu'espérais-tu tirer de cette vengeance ?

— Je pensais que je me sentirais mieux, après.

— Mais ce n'est pas le cas ?

Comment lui répondre ? Comment reconnaître que son souvenir l'avait obsédée, durant ces dix dernières années, et qu'elle avait prévu d'avoir une aventure avec lui pour le seul plaisir de lui rire au nez lorsqu'il serait bien accroché ?

Seulement, tout avait changé, après qu'elle eut fait l'amour avec lui. Et ça, elle refusait farouchement de le lui avouer.

— Je n'en sais rien, dit-elle. Ce dont je suis sûre, par contre, c'est que ma tête va exploser si nous continuons à discuter de tout ça.

Il aurait pu se mettre à rire, et lui faire remarquer que c'était elle qui avait commencé ce petit jeu.

Mais il n'en fit rien.

— Viens au lit, lui dit-il.

Il laissait clairement entendre qu'il allait y venir avec elle. Quelques heures plus tôt, elle aurait ri, et lui aurait fait savoir qu'il ne devait jamais tenir les choses pour acquises, avec elle. Mais, à présent...

Tout ce dont elle avait envie, c'était e le suivre à l'étage et s'abandonner entre ses bras.

Elle était tentée.

Bien trop tentée.

— Vas-y, toi, Jack. J'ai besoin de clarifier mes pensées. Je monte dans quelques minutes.

9.

Si Jack n'avait pas actionné cette fichue alarme, alors, qui l'avait fait ? La question rebondissait sans cesse dans l'esprit de Mallory, ce qui lui évitait de penser à un autre problème.

A ses sentiments pour Jack.

Même si elle faisait tout pour lui cacher ses émotions, elle devait être honnête avec elle-même. Cet homme la troublait à un point qu'elle n'imaginait même pas possible.

Elle se pelotonna dans le canapé, et se mit à penser à lui. L'homme qui l'attendait là-haut, et qu'elle avait terriblement envie d'aller retrouver.

Son désir de vengeance avait soudainement disparu. Ses priorités, à présent, c'était d'apprendre ce qui s'était réellement passé, la nuit du cambriolage, et de réussir à chasser Jack Trinity de son esprit.

Elle s'obligea à se concentrer sur cette terrible nuit. Qu'avait-elle omis ? Qui d'autre aurait pu se trouver dans l'immeuble ?

121

Les souvenirs affluèrent à sa mémoire, comme si elle rêvait en technicolor. Elle se revit assise à l'arrière du 4x4, pendant que Paul conduisait dans les rues sombres d'Atlanta.

— *Nous aborderons la propriété par le côté nord-ouest, disait son père. Eddie et moi entrerons dans les lieux lorsque la caméra de surveillance se tournera vers le nord.*

— *Mallory et moi, nous vous suivrons lorsqu'elle effectuera une nouvelle rotation, ajoutait Opale.*

— *L'accès par le toit permettra d'éviter le périmètre dangereux. Ensuite, nous aurons quinze secondes avant que je puisse déconnecter l'alarme, précisait Eddie.*

— *Moi, je surveillerai les communications de police sur la radio intérieure du 4x4, complétait Paul.*

Et ainsi de suite. Chacun d'eux connaissait aussi bien son boulot que celui des autres. Et ils avaient revu toutes les procédures, au cas où quelque chose se passerait mal.

L'adrénaline coulait dans leurs veines mais ne laissait aucune place aux émotions. Chacun était concentré sur le timing.

Mallory se rappela tous ses gestes. Elle s'était glissée dans l'entrée de l'entrepôt. Elle était tellement attentive à atteindre le tableau de bord et à neutraliser la sonde de la porte qu'elle n'avait pas senti la présence du jeune homme qui l'observait.

Première erreur.

L'intérêt de descendre par le plafond, c'était de pouvoir surveiller la salle avant d'entrer. Et c'était ce qu'elle avait fait. Jack n'était pas là lorsqu'elle avait commencé à descendre ; il avait dû apparaître entre-temps.

Manque d'expérience.

Bon sang ! Elle aurait dû quitter les lieux à l'instant même où elle avait vu Jack. Elle avait moins de deux minutes pour sécuriser la fuite de son père et préparer la sienne. Faire marche arrière et avertir Paul par radio lui aurait pris moins de vingt-cinq secondes.

Mais, lorsqu'elle avait vu Jack…

Stupidité.

Jusqu'à présent, elle n'aurait su dire ce qui l'avait conduite vers lui ni quelle force lui avait suggéré de l'embrasser pour mieux le neutraliser. C'est vrai, il était plutôt mignon, mais, à seize ans, elle n'avait pas l'habitude de se jeter ainsi à la tête des hommes. Même les plus mignons. Surtout s'ils avaient la possibilité de l'envoyer en prison !

Peut-être avait-elle été fascinée par le fait qu'il ne cherche même pas à la poursuivre. Il s'était contenté de la regarder depuis la porte d'entrée, une expression intriguée sur le visage. Et, au lieu de faire usage de sa force envers elle, il l'avait embrassée.

Comment Jack avait-il réussi à lui faire perdre la tête ? Et comment y parvenait-il encore ?

Elle avait besoin de réfléchir, mais elle était bien trop agitée pour y parvenir. De plus, elle devait rester vigilante, tant qu'elle n'aurait pas découvert ce qui s'était réellement passé, cette nuit-là. Et, pour ça, elle devait absolument se détendre et se reposer.

Elle se força à se relever, et se dirigea vers le salon. Là, elle fit la seule chose capable de l'apaiser. Elle s'assit au piano, et se mit à jouer.

Elle choisit un morceau classique qu'elle avait toujours aimé jouer et qui, l'espérait-elle, l'aiderait à s'éclaircir les idées. Posant ses mains sur le clavier, elle commença à jouer, tout doucement, afin de ne pas déranger Jack.

Tandis que les notes s'égrenaient, elle sentit toutes ses pensées s'envoler. Se laissant aller à la musique, elle se réfugia dans un monde où elle pouvait enfin oublier ses émotions contradictoires.

Ainsi que l'homme qui se trouvait à l'étage, dans son lit.

Lorsqu'elle s'aperçut enfin de sa présence, elle n'aurait su dire depuis combien de temps il se trouvait là, dans l'ombre, appuyé contre la porte, la contemplant et l'écoutant.

— Tu joues magnifiquement, chuchota-t-il, lorsqu'elle eut terminé.

Il ne portait qu'un peignoir. Ses cheveux blonds et sa peau bronzée semblaient luire dans l'ombre. Il était si viril.

Il traversa le salon et s'approcha d'elle, une expression d'intense désir dans les yeux. Elle se retourna et le contempla, stupéfiée par cette faim d'elle qu'il ne cherchait même pas à cacher.

— Jack, je…

Il posa un doigt sur ses lèvres.

— Chut, ne dis rien.

Cette fois, elle n'avait aucune envie de prendre le pouvoir. Elle voulait se laisser aller, supprimer les barrières entre eux. Elle avait besoin de lui…

Jack se pencha en avant, et déposa un baiser sur ses lèvres. Sa langue caressa la sienne, et elle se sentit aussitôt excitée par la force de sa demande, effrayée et presque honteuse d'y répondre avec autant de passion.

Une fois de plus, Jack avait pris le contrôle, et elle était prisonnière de la fougue de leur baiser et de la façon dont son corps réagissait à ses caresses. Elle sentit ses cuisses devenir humides. D'instinct, elle se colla contre lui et glissa les mains autour de son cou pour le tenir encore plus près d'elle.

124

Son peignoir n'était qu'un mince obstacle. Elle glissa ses doigts sous le col, descendit jusqu'à ses épaules et caressa ses bras. Sa peau était chaude et ses muscles puissants. Jack posa les mains sur sa taille, et la força à se lever du tabouret de piano. Il rompit leur baiser et, à sa propre surprise, elle s'entendit gémir de protestation. Elle le désirait tellement.

Entre les plis du peignoir, elle remarqua son érection, tandis qu'il repoussait le tabouret derrière lui.

Il attrapa l'élastique de son pantalon, et le fit descendre le long de ses jambes, entraînant son string au passage.

Bientôt, elle se retrouva nue à partir de la taille, exposée à son regard.

Elle sentit ses mains chaudes lui caresser une jambe, puis l'autre, et frémit sous ses doigts.

Jack glissa les mains sur ses hanches et la plaqua contre le piano. Ses fesses nues se posèrent directement sur le clavier, envoyant quelques notes aiguës dans l'air, auxquelles se mêla un gémissement lorsque Jack lui écarta les cuisses, puis pencha la tête…

La première caresse de sa langue chaude et douce sur son sexe la fit presque sursauter.

Jack la lécha de nouveau, mais, cette fois, il enfouit sa langue plus profondément, séparant ses replis intimes, la faisant haleter à plusieurs reprises.

Ses jambes se mirent à trembler, et sa poitrine se souleva de plus en plus fort au rythme de sa respiration. Et, lorsqu'il dévoila le précieux bourgeon de sa cachette, elle ne put que se cambrer et fermer les yeux.

Lorsqu'il prit son clitoris dans sa bouche et commença à le sucer, elle laissa échapper un gémissement.

Comment réussissait-il à la mettre dans un tel état ?

Impossible d'y réfléchir, parce qu'il était en train de glisser ses doigts dans son sexe chaud, tout en continuant à lécher son sexe. Ses joues recouvertes d'une légère barbe chatouillaient sa peau, ses doigts la fouillaient et, soudain, elle commença à se déhancher contre lui, et gémit, tandis qu'une vague de volupté montait en elle.

Son orgasme fut si intense qu'elle se mit à crier.

Jack leva les yeux vers elle, l'air satisfait.

Puis il sourit.

— Tu es content de toi ? lui demanda-t-elle d'une voix entrecoupée.

— On peut le dire…

Quelle arrogance ! Celle des hommes et de leur ego démesuré.

De son pouce, il caressa son clitoris, et elle se cambra contre lui. De nouveau, il glissa ses doigts en elle, jusqu'à ce qu'elle crie, une fois encore.

— … Mais je n'en ai pas encore fini avec toi, dit-il.

— Qu'est-ce que tu essayes de prouver ?

Il détacha son peignoir, le laissa tomber sur le sol, et prit son propre sexe dans sa main pour commencer à se caresser. Mallory détourna le regard, comme si ce geste lui était indifférent.

Menteuse.

— Je n'essaie pas de prouver quoi que ce soit. Mais j'ai envie de te faire tout oublier, sauf la sensation de mes mains sur toi. Je veux que tu reconnaisses l'alchimie de nos deux corps.

Avant qu'elle n'ait le temps de dire quoi que ce soit, Jack s'installa entre ses cuisses. Il lui écarta les genoux, attrapa ses jambes qu'il passa autour de sa propre taille, et la tint fermement contre lui.

Elle était déjà humide de son premier orgasme, et il se glissa facilement en elle. Appuyée contre le piano, elle tentait de lui cacher ses émotions, mais faire l'amour avec lui était vraiment différent de tout ce qu'elle avait connu jusque-là.

Elle le reçut en elle et s'accrocha à ses épaules, puis son corps se cambra contre le sien, ses seins lourds réclamant son attention.

Il s'enfonça de plus en plus profondément en elle et, soudain, la pénétra complètement, la coinçant entre le piano et son propre corps. Jack était le maître, et elle était complètement soumise. Il glissa ses doigts autour de son cou, et tira légèrement sa tête en arrière, la forçant à le regarder. Il ne cachait pas sa passion, et l'expression qu'elle découvrait sur son visage révélait à quel point il avait envie d'elle.

Tout en continuant à la pénétrer, il se pencha un peu plus vers elle et l'embrassa. Sa bouche se fit de plus en plus possessive, et Mallory eut l'impression que leurs deux cœurs battaient à l'unisson.

Soudain, le corps de Jack commença à vibrer, et elle s'accrocha à lui, absorbant chaque poussée, s'émerveillant de la puissance de sa jouissance.

Quelques notes de piano s'égrenèrent dans l'air, puis Jack baissa la tête jusqu'à ce que son front repose contre le sien, ses mains toujours posées sur elle.

Voilà, il avait réussi. Elle avait tout oublié, mis à part le contact de ses mains chaudes sur elle. Elle s'était abandonnée à lui comme elle ne l'avait jamais fait auparavant. Elle, une femme qui contrôlait toujours chacun de ses actes et chacune de ses émotions — parce qu'elle ne pouvait pas contrôler la vie elle-même —, n'était plus capable de maîtriser quoi que ce soit dès qu'elle se trouvait en sa présence.

Son cœur tambourinait dans sa poitrine, et elle n'arrivait pas à reprendre son souffle. Son corps était repu de plaisir.

Et, à la façon dont Jack la regardait, elle sut qu'il lisait en elle comme dans un livre ouvert.

Soudain, sans dire un mot, il la prit dans ses bras et l'emmena à l'étage. Chacun de ses gestes prouvait qu'il aimait que les choses se fassent à sa façon, mais aussi qu'il aurait la patience de l'attendre le temps qu'il faudrait.

Dans l'obscurité de la nuit, Jack passa ses bras autour de Mallory, et la tint serrée tout contre lui. Il l'avait débarrassée de ses vêtements, et chaque courbe de son corps était pressée contre le sien, ses longues jambes emmêlées aux siennes, sa main posée sur son torse et sa joue dans le creux de son épaule.

Elle s'était endormie facilement contre lui, et son corps avait cherché le sien à plusieurs reprises, au cours de la nuit. Quant à lui, il n'avait que très peu dormi, se contentant de somnoler, tout en fixant l'obscurité et en s'enivrant du parfum de ses cheveux.

Sa nervosité n'avait rien à voir avec la fatigue. Son corps était repu, bien plus qu'il ne l'avait jamais été.

Ce qui semblait poser un problème.

Il se remémora chaque instant passé avec Mallory Hunt, depuis la veille.

Depuis moins de vingt-quatre heures.

Comment croire que les choses pouvaient changer si rapidement, en si peu de temps ? Pourtant, tout avait changé. Et le plus incroyable était ce qui était en train de se passer entre eux deux.

Encore plus important : qu'allait-il arriver ensuite ?

Leur relation semblait être une lutte de pouvoir qui ne cessait de croître et qu'il n'avait pas envie de perdre, comme il le comprit soudain.

C'était plutôt comique, pour un homme qui avait toujours privilégié son travail au détriment de ses liaisons, au grand dam de ses petites amies qui, toutes, l'accablaient de reproches.

Elles avaient raison. Il aimait les femmes, mais il n'avait jamais été suffisamment amoureux pour poursuivre l'une ou l'autre de ces relations. Il préférait changer de copine plutôt que subir leur possessivité.

Il était sûr de ce qu'il avait dit à Mallory. Il n'avait pas encore rencontré la femme de sa vie, mais il avait toujours su que cela arriverait un jour. Sans doute grâce à l'exemple de ses parents et de leur amour sans faille… Oui, il était sûr de reconnaître la femme qui était faite pour lui, dès qu'il la rencontrerait.

Et il l'avait rencontrée.

Dix ans plus tôt, dans l'obscurité d'un entrepôt.

Depuis, il avait évité les liaisons sérieuses, tout simplement parce qu'il voulait *cette* femme, et aucune autre.

Si bien qu'aujourd'hui, il avait un problème. Un gros.

Que ressentait-elle pour lui exactement ?

Certes, elle le désirait, mais uniquement parce que leur union sexuelle était excellente. Il existait une alchimie entre eux. Mais l'alchimie n'était pas révélatrice des émotions.

Pourtant, c'était son seul point de repère, pour le moment…

Lorsqu'elle remua entre ses bras, il sentit une vague de chaleur l'envahir, et resserra son étreinte, cherchant un moyen d'abolir la distance entre eux deux. Néanmoins, les problèmes étaient plus évidents que les solutions. Le pire était qu'il ne connaissait presque rien de la vie de Mallory.

Son désir de liberté était-il profondément ancré dans son caractère ou bien était-ce une liaison avec lui qui l'effrayait ?

Il avait absolument besoin d'une réponse à cette question avant de lui révéler à quel point elle l'attirait.

10.

A l'heure du petit déjeuner, toute trace de leur intimité avait disparu du regard de Mallory. Elle était redevenue extrêmement sérieuse, totalement absorbée par des préoccupations d'ordre professionnel.

— Alors, Jack, tu as l'intention de me regarder travailler du début jusqu'à la fin, comme si je préparais un véritable cambriolage ?

Il but une gorgée de café, et hocha la tête. Si elle voulait s'en tenir au travail, d'accord. Apparemment, elle ne souhaitait pas parler des révélations de la nuit dernière et, selon lui, c'était très significatif. Mallory séparait sa vie personnelle de sa carrière, même si les deux avaient tendance à s'entremêler, comme c'était le cas, à présent.

Une autre pièce du puzzle était en train de se mettre en place. D'ailleurs, ce matin il avait également appris que Mallory était une lève-tôt qui adorait commencer sa journée dès le lever du soleil.

— Ai-je compromis quelque chose en te révélant les rouages de mon système de protection ? lui demanda-t-il.

— Bonne question, et la réponse est non. Je travaille toujours de cette façon. Tu m'as simplement fait gagner un peu de temps.

Elle jeta un coup d'œil à l'horloge de son ordinateur.

— Il va falloir que tu me briefes sur le travail, poursuivit-elle. Que suis-je censée voler et à qui ?

— Des documents dans une chambre forte de l'Atlanta Safe Exchange.

Elle leva sa tasse vers lui pour le féliciter.

— Bien trouvé. Je suppose que la sécurité est à son maximum, là-bas.

C'était le cas, et le directeur était également un ami suffisamment proche pour que Jack puisse lui demander un tel service.

— Effectivement.

Mallory ouvrit un dossier dans lequel elle notait les questions et les points qu'elle voulait éclaircir un peu plus tard. Durant tout ce temps, Jack resta à son côté, surpris par sa concentration et par son raisonnement extrêmement rapide et logique.

— Je veux te montrer comment un cambrioleur s'y prend pour découvrir toutes les spécificités d'un système, mais je ne peux pas utiliser le Sentex 2000, puisqu'il n'est pas encore sur le marché. Pourrais-tu me donner le nom d'un autre de tes clients, une société connue qui n'utilise pas ce prototype ?

Jack réfléchit quelques instants, et lui donna le nom de Nu-Tech Electronics, l'un de ses plus importants clients, qui fabriquait des composants électriques pour différentes industries.

Mallory tapa le nom de la société sur un moteur de recherche d'Internet et, en quelques secondes, le site Web

132

de Nu-Tech Electronics apparut sur son écran. Elle consulta quelques pages qui présentaient les services et les produits de Nu-Tech, puis attrapa le téléphone, et mit le haut-parleur en marche.

— Juste une remarque, Jack. S'il s'agissait d'un véritable cambriolage, je n'utiliserais pas mon téléphone personnel, bien entendu !

Elle composa le numéro de Nu-Tech.

— Bonjour, dit-elle. Pourriez-vous me passer quelqu'un au département des ventes, s'il vous plaît ?

Jack fit rouler son siège vers elle, puis croisa les bras sur sa poitrine et la regarda travailler, impressionné par la confiance qu'elle avait en elle-même.

Une voix masculine leur parvint bientôt.

— Bonjour. Gordon, à l'appareil.

— Bonjour, monsieur Gordon. Mon nom est Gail Nelson, et je travaille pour Southeast Wireless. Nous avons l'intention d'étendre notre secteur d'activités, et je recherche des fournisseurs potentiels de composants électriques pour nos téléphones cellulaires. Pourriez-vous m'accorder quelques instants ?

Jack nota que Mallory avait choisi le nom d'une importante société qui existait sur le marché et, apparemment, sa demande avait séduit M. Gordon, parce qu'il se révéla très coopératif lorsque Mallory commença à lui poser quelques questions sur la compagnie — questions dont la plupart des réponses étaient, du reste, disponibles sur leur site Web.

Mallory parlait d'un ton courtois et agréable, faisant de nombreuses pauses, comme si elle notait par écrit les informations qu'elle recevait. Au cours de l'entretien, elle ne manqua pas de remercier son interlocuteur de l'aide qu'il lui avait apportée. Jack en conclut que, pour avoir du succès, un cambrioleur devait, avant tout, se montrer aimable. Mallory tenait, visiblement, sa proie dans ses filets et, sans changer de ton, elle commença à cuisiner M. Gordon.

— Evidemment, l'un des soucis principaux de ma compagnie concerne le piratage de nos composants. Avant que je puisse vous recommander à mes supérieurs et vous obtenir un rendez-vous, il faut que je m'assure du potentiel de vol à la source. Que pouvez-vous me dire concernant la sécurité de vos installations ?

Aussitôt, Gordon se lança dans un discours sur l'affiliation de Nu-Tech avec TSS et le descriptif de leur système de sécurité, l'Apex 1200, qui leur donnait entière satisfaction. Même si Jack appréciait la confiance de son client dans ses produits et services, force lui fut de reconnaître que l'homme était en train de partager avec Mallory, comme il aurait pu le faire avec n'importe quel cambrioleur qui l'aurait interrogé de cette façon, toutes les informations dont elle avait besoin pour évaluer la sécurité en place autour de sa société.

— Parfait, monsieur Gordon. J'ai toutes les informations qu'il me fallait, et je vais rédiger un rapport que je présenterai à ma direction, lors de notre réunion qui aura lieu le... — elle jeta un coup d'œil au calendrier accroché au mur — ... le 28 de ce mois. Donc, je vous rappellerai au début du mois prochain pour vous faire savoir si mes dirigeants sont intéressés. Merci beaucoup pour votre aide.

Bon sang ! songea Jack. Il devenait urgent qu'il informe ses clients sur les informations qu'ils pouvaient ou non donner par téléphone.

Mallory raccrocha mais ne dit pas un mot. Elle reporta son attention sur son ordinateur, puis tapa le nom de sa compagnie. En quelques secondes Jack vit son site apparaître sur l'écran. La jeune femme composa le numéro de sa hot line et, cinq minutes plus tard, son équipe lui envoyait par fax toutes les particularités de l'Apex 1200.

Au fur et à mesure que les pages arrivaient, elle les tendait à Jack, un petit sourire aux lèvres. Toutes ces recherches avaient pris moins de trente minutes, et elle avait entre les mains tout ce dont elle aurait eu besoin si elle avait vraiment voulu cambrioler Nu-Tech.

— Dis-moi, au moins, que mes systèmes de sécurité présentent un challenge un peu plus important que les autres ! lui dit-il.

— Ne t'inquiète pas, Jack, c'est le cas. C'est bien pour ça que tu m'as engagée, non ?

Ce furent ses seules paroles, avant qu'elle ne compose le numéro de l'Atlanta Safe Exchange, où elle eut le même type de conversation qu'avec le fameux Gordon. Mais, cette fois, elle posa des questions un peu plus pointues.

Lorsqu'elle eut raccroché, Jack la questionna à son tour.

— Pourquoi as-tu besoin de connaître le nom de l'architecte qui a conçu le bâtiment, et la date de construction ?

— Pour pouvoir consulter les plans dans les archives municipales.

Soudain, une autre question vint à l'esprit de Jack.

— Mallory, que se passe-t-il après qu'une compagnie a été cambriolée ? N'est-il pas possible que l'une de ces personnes à qui tu as parlé au téléphone se souvienne de votre conversation et fasse le rapprochement avec le cambriolage ?

— Excellente question, et la réponse est « si ». Voilà pourquoi le suivi est très important. Je rappelle ces personnes exactement aux dates que je leur ai indiquées, et je leur explique pourquoi, finalement, nous ne sommes pas décidés à travailler avec eux. J'agis comme s'il s'agissait d'une véritable relation professionnelle. Ça minimise les risques de repérage.

— Mais si la personne a quand même des doutes ? Si elle en parle à la police, les flics peuvent retrouver les traces de l'appel.

— Exact, répondit Mallory en se dirigeant vers l'escalier. Maintenant, viens, on va faire un tour, ajouta-t-elle en souriant.

Après que Mallory eut effectué quelques achats, ils s'installèrent au Starbucks pour savourer une tasse d'expresso et revoir les plans de l'Atlanta Safe Exchange. C'était Jack lui-même qui avait mis en place les particularités du Sentex 2000 afin de l'adapter à l'immeuble, et il observa avec intérêt la manière dont Mallory évaluait les différents obstacles qu'il avait mis en place.

— Très bien, la personne du service des ventes m'a dit qu'ils utilisaient une vidéo de surveillance, donc je suppose qu'elle se trouve juste là, dit-elle.

Elle posa son doigt sur le plan et, sans même attendre la confirmation de Jack, elle lui désigna ensuite un autre endroit.

— Ici, c'est très certainement la chambre forte. J'imagine que tu as placé tes nouvelles sondes détectrices de mouvement ici, le long des couloirs et sur le plancher.

Elle avait tout à fait raison, et Jack fut impressionné, une fois de plus, par l'étendue de ses connaissances.

Elle leva les yeux vers lui.

— Eh bien, Jack, c'est un excellent travail. Malheureusement, nous avons un léger problème, dans la mesure où tu tiens à être mon assistant.

136

— Quel problème ?

— Tu as bloqué toutes mes possibilités d'accès à la chambre forte.

— C'était bien le but.

Elle lui sourit.

— Je m'en doute, mais ça signifie que nous allons devoir pénétrer dans les lieux par le plafond.

— Et alors ?

— Eh bien, je me demande simplement quels sont tes talents en matière d'escalade.

— Désolé. Ça ne fait pas partie de mes *talents*.

— Dans ce cas, il va falloir que tu t'entraînes un peu.

Mallory porta sa tasse à ses lèvres, puis termina son expresso et se leva.

— Allons-y. On va faire un petit tour là-bas avant de retourner chez moi. J'ai besoin d'observer les lieux à différentes heures de la journée afin de savoir s'ils ont recours à des gardes armés ou à des chiens.

Jack ramassa les documents sur la table et la suivit, admirant, au passage, le balancement de ses hanches, tandis qu'elle se dirigeait vers la sortie. Elle avait revêtu un tailleur strict pour leur petit tour en ville, mais, sous cette apparence froide, il savait pertinemment que cette femme n'était que feu et passion.

Avoir le dessus sur Jack — du moins, professionnellement — aidait Mallory à retrouver son équilibre, après les révélations qu'il lui avait faites et les heures torrides passées au lit.

Elle essayait toujours d'éclaircir la situation entre eux. La première étape avait été de contacter l'un de ses amis policiers, et de lui demander de l'aider à retrouver les dossiers dont ils avaient besoin pour savoir ce qui s'était passé avec l'alarme, lors du cambriolage d'Innovative.

Cette immersion dans le passé, bien qu'un peu pénible, n'était rien, comparée aux tourments que lui causait sa relation avec Jack. Qu'allait-elle faire à son sujet ?

Son père n'était pas le seul à penser que leur liaison était sérieuse. Apparemment, Jack partageait cette idée.

Le pire, pour elle, c'était l'ampleur que prenaient ses propres émotions, et elle n'était pas loin de penser qu'en effet, tout cela devenait beaucoup trop… sérieux. La preuve : ses idées de revanche lui paraissaient, maintenant, presque dérisoires.

Perdue dans ses pensées, elle s'engagea dans sa rue, et se trouva face à un nouveau problème : la voiture d'Opale était garée devant chez elle.

— On dirait que nous avons de la compagnie ! dit Jack. Tu crois que c'est ton père ?

Mallory secoua la tête, tout en se demandant si elle allait s'arrêter ou non. Fuir ne ferait que repousser le problème. Il faudrait bien qu'elle rentre chez elle, à un moment ou à un autre, et elle savait que son père ne lâcherait pas prise : il n'aurait de cesse d'envoyer ses amis la surveiller.

Lorsque Duke voulait quelque chose, il faisait tout pour l'obtenir. Il voulait voir sa fille mariée et, apparemment, il avait choisi Jack comme gendre… Mais jusqu'à quand refuserait-il de comprendre qu'elle tenait, plus que tout, à sa liberté, et qu'elle n'avait nullement envie de la partager avec un homme, vingt-quatre heures sur vingt-quatre ?

— C'est ton jour de chance, dit-elle en se garant. Tu vas rencontrer Opale.

— La femme qui t'a servi de mère, pendant toutes ces années ?

— Excellente mémoire.

— Dis-moi une chose : est-ce que tous tes proches ont la clé de chez toi ?

Elle ne répondit pas, et se contenta de sourire.

Opale était à la fenêtre, et les regardait arriver. Ils grimpèrent l'escalier, et elle vint leur ouvrir la porte.

— J'ai beaucoup entendu parler de vous, Jack, déclara-t-elle, d'emblée.

Galamment, il lui prit la main et la porta à ses lèvres.

— Moi aussi, j'ai beaucoup entendu parler de vous, dit-il. Vous êtes une personne très importante dans la vie de Mallory.

Opale sembla apprécier le compliment, et se tourna vers Mallory.

— Ma chérie, ce garçon me semble parfait. Pas étonnant que ton père soit aussi emballé.

La jeune femme leva les yeux au ciel.

Super.

— C'est lui qui t'envoie ?

— Bien sûr !

Opale prit le bras de Jack, et ils entrèrent ensemble, laissant Mallory refermer la porte.

— Duke voudrait voir sa fille se ranger, expliqua-t-elle. Il rêve d'avoir des petits-enfants. Je pense qu'il vieillit. Qu'en penses-tu, ma chérie ?

— Je crois qu'il devient complètement sénile. Et j'aimerais que tu le persuades de me laisser tranquille.

— C'est ce que j'essaie de faire. Je ne cesse de lui rappeler que tu es jeune et que tu as besoin de profiter un peu de la vie. Vous n'êtes pas d'accord, Jack ?

139

Jack sourit.

— Je ne vois pas en quoi le fait de s'engager empêche les gens de profiter de la vie, dit-il.

Mallory fronça les sourcils, mais Opale semblait ravie.

— Je commence à comprendre pourquoi ton père l'apprécie autant.

Mallory essaya de changer de sujet.

— Alors, que se passe-t-il exactement, Opale ? Es-tu venue uniquement parce que papa t'a demandé de m'espionner ?

— Non, pas uniquement. Mais Eddie était particulièrement occupé, ce matin, et je me suis dit que c'était le moment de m'échapper pour venir m'occuper de tes dossiers. Je lui ai promis de lui rapporter des sushis de chez Ichiban.

Alors que Mallory cherchait comment l'inciter à courir chez le traiteur chinois sans plus tarder, Jack se mit à questionner Opale.

— Eddie, il est bien spécialiste des alarmes, n'est-ce pas ?

— Absolument, répondit Opale. Et il est comme un oncle pour Mallory.

— Vous travaillez avec lui ?

— Oui, je suis son bras droit.

Elle entraîna Jack dans le salon, et s'assit avec lui sur le canapé.

— Je fais également un peu de secrétariat pour Mallory. Elle a tellement de succès dans ses affaires qu'elle n'a guère le temps de s'occuper de ça.

— Ne la laisse pas te berner, Jack ! cria la jeune femme, depuis l'entrée. C'est une espionne !

Opale eut un petit rire hautain.

— Mallory déteste reconnaître qu'elle a besoin d'aide. C'était déjà comme ça quand elle était enfant.

140

— Elle m'a dit qui vous étiez, mais elle n'est pas entrée dans les détails.

— Et que voulez-vous savoir d'autre ?

— Tout.

Le sourire d'Opale disait à lui seul qu'elle était plus que ravie de répondre aux questions de Jack.

— Eh bien, commença-t-elle, j'étais déjà une amie de la famille quand Mallory est née. J'étais moi-même très jeune, à l'époque, mais j'ai eu de l'influence sur elle durant toute sa vie. Vous savez, sa mère est morte tragiquement, alors qu'elle n'était qu'une enfant.

Jack écoutait avidement les paroles d'Opale, ce qui ne manqua pas de surprendre Mallory. Après tout, elle n'était sans doute qu'un nom de plus sur la liste de ses conquêtes…

Tous les deux.

Ensemble.

Ses paroles résonnèrent dans sa mémoire. Et elle soupira.

— Pendant que vous faites connaissance, tous les deux, je vais travailler, dit-elle. Je serai dans mon atelier, si vous avez besoin de moi.

Elle se retira, stupéfaite de constater qu'ils ne faisaient absolument pas attention à elle.

Duke regarda le numéro qui s'affichait sur son téléphone, et répondit à l'appel.

— Comment ça s'est passé ?

— Moi aussi, je suis ravie de t'entendre. Bonjour !

— Bonjour, ma beauté. Pardonne-moi. Je suis tellement excité par cette histoire avec Mallory que je ne me comporte plus normalement.

— Trop excité ? susurra Opale. C'est une promesse ?

— Viens passer la nuit avec moi, ce soir, et je te promets que tu ne seras pas déçue.

— Tu lis dans mes pensées, Duke. Justement, je voulais te voir ! Il faut qu'on parle.

— Je t'écoute, ma belle.

— Non, pas au téléphone. Si je t'appelle, c'est parce que Mallory m'a demandé de l'aider à te tenir à distance.

— Je m'en doute bien. Mais tu n'y arriveras pas, alors inutile de gaspiller ta salive.

— Dans ce cas, autant raccrocher.

Il y avait quelque chose dans sa voix… Il la connaissait trop bien : Opale jouait avec lui.

— Non, attends ! Ça fait des heures que je ne t'ai pas vue. C'est bien trop long.

Allait-elle lui laisser une seconde chance ?

— Si tu me laissais parler, tu saurais que Mallory et Jack ont l'intention d'aller au gymnase pour s'entraîner à l'escalade.

Duke lui envoya un baiser par téléphone.

— T'ai-je déjà dit à quel point je t'aimais ?

Seul un soupir lui répondit.

Jack entra dans la salle de douche des hommes, ferma les yeux, et laissa l'eau chaude couler sur lui et éliminer la fatigue des deux dernières heures. Il était lessivé. Et convaincu de n'avoir aucun don pour l'escalade.

Malgré les instructions patientes et efficaces de Mallory, il était tombé si souvent qu'il ignorait ce qui était le pire : le bruit de son corps tombant à terre ou sa fierté qui s'émoussait de plus en plus.

Mallory lui avait assuré qu'il ferait rapidement des progrès en pratiquant, mais il avait du mal à la croire. Il se sentait ridicule, et c'était particulièrement difficile à assumer, face à une femme dont il essayait de gagner le cœur.

— Je me demande si je vous verrai un jour habillé, dit une voix familière qui le tira de sa rêverie.

Ouvrant les yeux, il découvrit Duke Hunt qui entrait à son tour dans la douche commune du vestiaire, après avoir retiré sa serviette au passage.

Duke prit un morceau de savon et ouvrit le robinet.

— Alors, Jack, qu'est-ce que vous fricotez exactement avec ma fille ? Est-ce que c'est sérieux, oui ou non ?

Jack s'accorda quelques instants avant de répondre.

— Je n'en suis pas encore certain. J'ai commencé à y réfléchir, et vous serez le premier averti.

Le regard fixe, Duke l'observa un instant. Les secondes semblaient s'éterniser.

— C'est plutôt loyal. Mais ne me dites pas que, pour vous, il ne s'agit que d'une aventure. Je n'aimerais pas du tout entendre ça.

Jack commença à se laver les cheveux. Duke ne le quittait pas des yeux. Soudain, il demanda :

— Où vous êtes-vous rencontrés pour la première fois ?

Génial ! La seule question à laquelle il ne pouvait pas répondre…

— Je suis plutôt du genre honnête, monsieur, mais vous me mettez dans une situation délicate.

— Comment ça ?

— En fait, j'ai connu Mallory il y a déjà très longtemps. Malheureusement, lorsque vous avez débarqué chez elle, elle m'a fait promettre de ne pas vous révéler les détails de notre rencontre. Je pense qu'elle préfère le faire elle-même. Et je compte bien respecter son souhait. Je crois qu'elle n'a pas encore eu l'occasion de vous en parler, pour l'instant.

— Vous le savez pertinemment, puisque vous ne la quittez pas !

Apparemment, Duke Hunt était parfaitement informé des allées et venues de sa fille…

— Eh bien, quoi qu'il en soit, je suis content d'apprendre qu'elle n'a pas perdu l'esprit et qu'elle ne s'est pas jetée sur le premier inconnu.

— Si cela peut vous rassurer, monsieur, j'ai rencontré Mallory il y a très, très longtemps. Malheureusement, à l'époque, nous avons eu un léger différend qui nous a éloignés l'un de l'autre jusqu'à aujourd'hui.

— Intéressant.

Duke le suivit lorsqu'il retourna au vestiaire.

— Laissez-moi vous donner un conseil, dit-il, tandis que Jack se séchait. Je n'avais encore jamais vu ma fille se rapprocher d'un homme rapidement. J'essaierai donc par tous les moyens de savoir si vous la méritez. C'est une jeune femme très loyale, en amour comme en amitié. C'est, d'ailleurs pour cette raison qu'elle est très exigeante dans le choix de ses relations.

Jack se rappela la manière dont Mallory s'était précipitée pour porter secours à Lance.

— Puis-je vous poser une question, monsieur ?

— Je vous écoute.

— Pourquoi Mallory ne croit-elle pas aux âmes sœurs ?

Duke posa sa serviette et déverrouilla son vestiaire. Puis il enfila sa chemise, tout en paraissant réfléchir.

144

— Je ne sais pas exactement ce que ma fille vous répondrait, dit-il, mais, puisque vous me demandez mon avis, je vais vous le donner. Je crois que je n'ai pas besoin de vous dire que nos vies n'ont pas été exactement… conventionnelles. Il n'est pas évident de comprendre les circonstances qui nous ont amenés à vivre ainsi, de même que nous devons faire un effort pour nous adapter à un mode de vie *normal*. Je ne crois pas que Mallory ait rencontré beaucoup de gens qui valaient la peine de faire de tels efforts.

Jack était impressionné de constater à quel point Duke Hunt connaissait sa fille.

— J'apprécie votre opinion.

— Parfait. Maintenant, Trinity, racontez-moi comment se passe votre entraînement.

— Je commence à comprendre pourquoi tant de criminels préfèrent le vol à main armée au cambriolage.

Duke sourit.

— Peu de gens ont le goût de l'effort et du travail bien fait. Cela en dit long sur notre société, vous ne croyez pas ?

— Si.

Le fait que Duke Hunt lui ait parlé à cœur ouvert touchait beaucoup Jack. Il songea que si les personnes qui connaissaient le mieux Mallory étaient de son côté, alors il avait peut-être une chance.

Ils finirent de s'habiller en silence, et Jack rangea ses affaires dans son sac.

— Avant que vous ne partiez, Jack, il y a autre chose que j'aimerais vous dire.

Jack leva les yeux vers lui.

— L'un de mes amis m'a demandé de vous remercier pour avoir aidé Mallory à ramener son fils chez lui.

Il tendit la main vers Jack, qui la lui serra.

— Ravi d'avoir pu rendre service.

Après tout, le fait que cet homme lui soit redevable lui permettait de marquer un point, ce qui n'était pas négligeable.

11.

— Où diable étais-tu ? demanda Duke à Opale lorsqu'elle
franchit le seuil de sa porte, deux heures après avoir quitté
son travail chez Eddie. Tu aurais pu, au moins, m'appeler
pour me dire que tu serais en retard. Ou laisser ton téléphone
portable ouvert, afin que je puisse te joindre !

Ses talons hauts cliquetant sur le marbre du corridor, elle
s'approcha de lui, se haussa sur la pointe des pieds et lui
planta un baiser sur la joue.

— Tu étais inquiet ? Je suis flattée.

Opale appréciait qu'il ait remarqué son absence et qu'il
ait fait l'effort de l'appeler.

Ce n'était qu'une petite victoire, mais quand même…

— Ceci ne répond pas à ma question.

— Ecoute, tu viens seulement de m'annoncer que tu envisageais de construire quelque chose de solide avec moi, et
tu réagis déjà de façon possessive. Tu aurais pu, au moins,
me poser les questions d'usage : « Comment s'est passée ta
journée, ma chérie ? » ou « Puis-je te servir un verre ? ».

— Justement, j'allais le faire !

Posant une main sur son épaule, il la conduisit vers la
véranda, à l'arrière de la maison. Voilà, il jouait son jeu.
Néanmoins, il ne fallait pas qu'elle pousse le bouchon trop

147

loin. Il savait pertinemment que, s'il la laissait agir à sa guise, elle le mènerait par le bout du nez.

Et ça, c'était hors de question.

Bras dessus, bras dessous, ils parvinrent à la véranda où une chute d'eau tombait en cascade dans la piscine qui scintillait sous des lumières bleues et vertes, apportant au décor une note de sérénité.

Opale déposa son sac sur la table et s'assit. Duke servit deux martinis, et lui tendit un verre.

— Alors, comment s'est passée ta journée, ma chérie ?

Elle sirota quelques gorgées, et contempla l'eau de la piscine, sans se donner la peine de répondre. Apparemment, puisque c'était elle qui l'avait incité à poser la question, ça n'avait plus aucune importance pour elle.

Il essaya de nouveau.

— Merci de m'avoir prévenu pour la séance d'escalade. Je suis allé retrouver Jack dans les douches, et nous avons eu une petite discussion.

Là, elle sembla intéressée.

— Les douches ?

— C'était le seul endroit où je pouvais discuter avec lui sans avoir Mallory dans les pattes. Ces deux-là passent tout leur temps ensemble.

— C'est vrai. Alors, de quoi avez-vous discuté ?

— De ses intentions envers ma fille.

— Oui, bien sûr. Et qu'a-t-il dit ?

— Qu'il ne savait pas encore exactement ce qu'il voulait.

— Tu le crois ?

— Non. Même s'il n'en a pas encore conscience, ce n'est pas un simple désir physique qu'il éprouve pour elle.

Il se garda bien d'avouer à Opale qu'il avait reconnu chez Jack les mêmes symptômes amoureux dont il souffrait lui-même, car elle se serait empressée d'abuser de la situation !

— J'imagine que tu lui as offert de l'aider à voir clair en lui.

— Bien sûr ! répondit Duke en souriant. Enfin, je lui ai dit clairement ce que je trouverais acceptable et inacceptable dans son comportement.

Elle leva son verre, comme pour lui porter un toast.

— Je lui ai également demandé comment ils s'étaient connus, tous les deux.

— Vraiment ? Et qu'a-t-il répondu ?

— Il a prétendu qu'il avait promis à Mallory de n'en rien dire. Apparemment, elle veut m'expliquer la situation elle-même.

— Tu l'as cru ?

Duke hocha les épaules.

— Je ne vois pas pourquoi il mentirait. D'ailleurs, il a déjà reconnu qu'ils s'étaient déjà rencontrés.

Opale sourit malicieusement et, aussitôt, Duke lui prit son verre des mains et le posa à côté du sien sur la table. Il connaissait trop bien cette femme, et savait pertinemment que son sourire cachait quelque chose.

— Que se passe-t-il ?

Intrigué, il la regarda prendre son sac, l'ouvrir, et en retirer une cassette vidéo. Il lui fallut quelques instants pour comprendre ce dont il s'agissait.

La cassette de vidéo-surveillance du cambriolage chez Innovative.

Normalement, ce document aurait dû être détruit, dix ans plus tôt. C'était la coutume, après chaque opération.

Mais le cambriolage de chez Innovative avait été différent des autres.

Après son arrestation, son équipe avait caché ses effets personnels pour les dissimuler aux forces de l'ordre. La cassette de surveillance avait été rangée avec ses affaires et, après avoir été mis en liberté conditionnelle, il ne s'en était pas débarrassé, parce qu'elle représentait un tournant dans sa vie. Le cambriolage de chez Innovative avait été le dernier de sa carrière, et il était devenu bêtement sentimental avec les quelques souvenirs de cette dernière nuit.

Il n'avait pas pensé à cette cassette depuis dix ans...

Et, soudain, l'évidence le frappa.

— Ne me dis pas que Jack est...

— C'est bien lui ! dit Opale en riant. Je l'ai reconnu à l'instant où je l'ai vu. Je suis allée récupérer cette cassette au garde-meuble. Voilà pourquoi j'étais en retard.

Duke sentait l'adrénaline courir dans ses veines, et il bondit de son siège.

— Tu es... formidable. Je me demande ce que je ferais sans toi.

Il déposa un baiser sur son front.

— Regardons-la.

En quelques secondes, il installa la cassette dans le magnétoscope, la rembobina, et tourna le poste de télévision dans leur direction.

La bande s'était abîmée au cours des années, mais Duke reconnut l'entrée de l'entrepôt d'où il était prévu que Mallory débranche les sondes de l'alarme afin de sécuriser sa sortie.

Il avança la bande, et s'arrêta sur l'image de sa fille en train de descendre du plafond avec agilité. Elle se déplaçait en économisant ses mouvements, et il éprouva un sentiment de fierté en la regardant se diriger vers le tableau de bord pour déconnecter les capteurs de mouvements.

Malgré la mauvaise qualité de la bande, il repéra l'instant où Mallory sentait que quelque chose clochait. Son corps entier s'était raidi, et elle s'était retournée pour faire face à la caméra.

Duke se tenait derrière le siège d'Opale, et il caressait légèrement ses épaules, tandis qu'ils regardaient tous les deux cette scène si ancienne se dérouler en silence.

Mallory porta un doigt à ses lèvres, et souleva le bas de son masque, tout en traversant la pièce en direction du jeune homme qui venait soudain d'apparaître dans le champ de la caméra.

Elle donna à l'inconnu un baiser passionné auquel aucun homme n'aurait été capable de résister.

Et Jack Trinity n'y avait pas résisté.

Aucun doute. Il s'agissait bien de lui.

Depuis le début, Duke savait que Mallory s'en voulait pour ce qu'elle avait fait, ce soir-là. Jamais il n'avait oublié sa première visite à la prison locale. Elle était dans un état d'hystérie totale, persuadée que sa décision de neutraliser ainsi le jeune homme avait été le facteur déclenchant de son arrestation. Pourtant, il lui avait assuré qu'il avait lui-même activé l'alarme.

Il se rappelait à quel point il avait eu envie de la serrer dans ses bras, comme il le faisait quand elle était petite. Il voulait lui dire combien il était fier d'elle. Elle avait très bien travaillé, et sa réaction, face à cette situation inattendue, l'avait prouvé.

S'il n'y avait pas eu l'alarme silencieuse, sa tactique aurait fonctionné et lui aurait donné le temps nécessaire pour accomplir son travail. Compte tenu de la situation, elle avait parfaitement réagi. N'importe quel autre membre de l'équipe aurait cherché à gagner du temps d'une façon ou d'une autre.

Mais il ne lui avait rien dit de tout cela. Il ne voulait surtout pas l'encourager à poursuivre le genre d'existence qu'il lui avait fait connaître et qui était tout à fait susceptible de la conduire là où il se trouvait : derrière une vitre, et dans l'incapacité de réconforter sa fille chérie.

Il avait besoin de faire le point.

Il avait compris bien trop tard que le prix à payer pour leur style de vie était trop élevé.

Bien trop élevé.

Bien sûr, il n'aurait jamais pu imaginer que Mallory se trouverait face à face avec Jack, lequel n'aurait jamais dû se trouver dans l'immeuble au moment du cambriolage. Il ne pouvait pas prévoir non plus qu'elle se sentirait coupable de son arrestation. Enfin, il n'avait pas supposé que le tribunal refuserait de confier Mallory à Opale.

Tous ces événements lui avaient prouvé qu'il n'aurait jamais dû entraîner sa fille dans un tel univers.

Il rembobina la cassette et la repassa.

— C'est incroyable, murmura Opale. Ça se voit sur la bande.

— Quoi ?

— L'alchimie qui existe entre eux. Je suis certaine que tu la vois, toi aussi. Elle rayonne quasiment autour d'eux.

C'était le cas, Duke devait bien le reconnaître.

— Je me suis toujours demandé ce qui lui avait donné l'idée de l'embrasser.

— Apparemment, elle l'a trouvé mignon. Et il l'est. Il est *très* mignon.

Duke fronça les sourcils.

— Et sa tactique a fonctionné. Trinity n'a pas actionné l'alarme. Bon, mais que se passe-t-il exactement entre eux deux ? Ils échangent un baiser, puis ils se perdent de vue pendant dix ans et, dès qu'ils se retrouvent, ils se précipitent dans un lit pour rattraper le temps perdu ?

— Ça a dû être un sacré baiser.

— Si Mallory avait eu tellement envie de lui, elle se serait arrangée depuis longtemps pour le retrouver.

— Ce qui nous amène à une question très intéressante. Comment savait-elle que c'était lui ?

— Elle l'a reconnu, tout simplement.

Opale secoua la tête.

— Non, je ne crois pas. Dès qu'elle a reçu sa proposition par fax, elle est devenue extrêmement nerveuse. Je t'ai déjà dit qu'elle lui avait demandé des honoraires exorbitants ? Je pense qu'elle savait qui était Jack au moment où elle a lu son nom.

— Alors, quand et comment l'a-t-elle découvert ?

Opale avait l'air pensif.

— Elle a pu rechercher l'information dans les dossiers du personnel d'Innovative.

— Pourquoi diable se serait-elle donné cette peine ? Et pourquoi a-t-elle demandé à Trinity de ne rien me dire ?

Malheureusement, il pensait connaître la réponse.

Pressant le bouton d'arrêt sur image, il fixa du regard l'image des deux amants figée sur l'écran, tout en se rappelant la première visite de Mallory, après son arrestation.

J'aurais dû prévenir Paul, papa, et lui dire que j'avais été repérée. Tu serais sorti aussitôt.

Il se retourna et vit qu'Opale l'observait.

— Mallory se sent responsable de mon arrestation. Elle pense que Trinity a déclenché l'alarme.

— Je sais bien. Pourtant, tu lui as expliqué ce qui s'était passé.

— Oui, je lui ai dit que c'était moi qui avais activé l'alarme. Mais je ne suis pas sûr qu'elle m'ait cru. Elle pense peut-être que je lui ai menti pour qu'elle ne se sente pas responsable ?

Stupéfié par cette idée, il s'écroula dans un fauteuil.

— Je lui ai toujours tout dit. Pourquoi aurait-elle douté de ma parole ?

Approchant son siège du sien, Opale prit ses mains dans les siennes, et Duke lui fut reconnaissant d'être là, de ne pas le laisser seul à se débattre avec toutes ses pensées. Peut-être avait-elle raison. Peut-être était-il en train de devenir vieux.

Ou las de vivre seul.

— Est-ce si difficile à comprendre, Duke ? Vraiment ? Pourquoi Mallory aurait-elle pu penser que tu avais commis une erreur ? Tu étais le meilleur.

— *Chacun* fait des erreurs.

— Mais, pour ta fille, tu étais quasiment parfait. Ainsi que pour ton équipe.

— Il arrive des accidents, même aux plus vigilants. Moi, je me suis entouré des meilleurs, afin que ce jour vienne le plus tard possible.

Opale mêla aux siens ses doigts impeccablement manucurés.

— Je comprends tout ça, bien sûr, mais Mallory n'avait que seize ans, à l'époque. Tu es son père et elle t'aime. Mets-toi un peu à sa place. Elle aurait dû demander de l'aide, mais elle a cru pouvoir gagner du temps pour toi. C'était une bonne idée, qui aurait fonctionné si tu n'avais pas activé l'alarme.

154

Quelque chose dans la voix d'Opale alerta aussitôt Duke.

— Qu'est-ce que tu penses de tout ça, Opale ?

— Je t'en prie, Duke. Réfléchis. C'est toi qui nous as formés. Crois-tu vraiment que nous ayons accepté ta version ? Cette version selon laquelle tu aurais actionné l'alarme *par accident* ? Nous sommes plus intelligents que ça, et tu le sais très bien. Tu aurais dû t'attendre à ce que nous menions notre petite enquête afin de découvrir ce qui s'était passé exactement.

Duke se cala dans sa chaise et la regarda intensément.

— Mais bon sang ! J'ai activé cette alarme !

Opale resta un instant silencieuse.

— Oui, mais pas par accident.

Le silence se fit soudain entre eux, lourd d'implications, avec le poids d'un mensonge vieux de dix ans. Tout en le contemplant, Opale tenait toujours ses mains dans les siennes, lui offrant une ancre à laquelle s'accrocher. Son expression révélait que non seulement elle connaissait la vérité, mais qu'elle la comprenait.

Après quelques instants, Duke réussit enfin à parler.

— Depuis quand le sais-tu ?

— Je l'ai découvert peu de temps après le cambriolage.

Elle haussa légèrement les épaules, et il se rendit compte qu'elle voulait dédramatiser la situation, tout en lui révélant qu'il n'avait dupé personne, et certainement pas Mallory.

— Ça nous a pris un peu de temps, mais, finalement, on a tout compris.

— Vous l'avez dit à Mallory ?

— Non. Nous savons pourquoi tu avais agi ainsi. Pour nous protéger tous, bien sûr, mais aussi pour offrir à ta fille une meilleure vie. Bien sûr, je ne peux pas parler pour Eddie

155

ni pour Paul, mais cela ne m'a pas surprise. Ça faisait déjà un bon moment que je sentais venir le coup. En fait, depuis que Mallory avait commencé à te demander de la laisser travailler avec nous.

— Risquer ma peau, c'était autre chose que risquer la sienne.

— C'est bien pour ça que tu es un excellent père.

Doucement, elle embrassa le bout de ses doigts.

— Un père aussi parfait que tu le dis se serait trouvé un vrai boulot afin d'offrir un bon exemple à sa fille, dit-il.

— Duke, tu menais cette vie bien longtemps avant la naissance de Mallory. C'était la seule occasion que tu avais trouvée pour te sortir du ruisseau, et tu l'as saisie. Tu as eu une vie bien remplie. Ne regrette rien.

— Tu as peut-être raison, mais quelle ironie, tu ne trouves pas ? Je disais la vérité en prétendant avoir actionné l'alarme, et personne dans mon équipe ne m'a cru. Plus j'y pense, plus je suis certain que Mallory ne m'a pas cru, elle non plus.

— Si c'est le cas, elle l'a gardé pour elle.

— C'est quand même incroyable. Si j'ai choisi d'aller en prison, c'était pour que chacun s'en sorte et change de route. Mallory ne peut pas se sentir responsable de ça.

Opale lui caressa les mains et resta silencieuse.

— Et que dire du fait qu'elle a, finalement, rencontré un homme qui vaut le coup, et qu'elle va s'efforcer de le repousser ?

— Si ça peut te rassurer, mon cher, je ne crois pas que Jack abandonnera la partie aussi facilement.

— Mallory est têtue.

— Tout comme son père.

— Il faut que j'arrange ça.

— Dis-lui la vérité.

156

— Tu veux que je lui dise que je me suis débrouillé pour me faire arrêter et que j'ai oublié de lui en parler ? Oh, je suis certain qu'elle va adorer cette histoire !

Opale se pencha vers lui, tout près, et il huma la légère senteur Chanel sur sa peau. Puis il remarqua les larmes qui perlaient à ses yeux.

— Dis-lui que tu te faisais du souci pour elle, pour son avenir et pour nous tous, si bien que tu as décidé de te faire prendre afin que nous soyons tous obligés de changer de vie.

— Présenté comme ça, c'est un peu mélodramatique, tu ne crois pas ?

— Il y a dix ans, peut-être, mais plus maintenant. Nous avons tous changé. Ton plan a fonctionné. Tu as fait ce qu'il fallait : nous avons tous eu suffisamment d'argent pour prendre un nouveau départ, et tu t'es assuré que nous rentrions dans le droit chemin.

Elle cligna des yeux pour chasser ses larmes.

— Oh, Duke, je t'en prie ! Explique-lui ce que tu as fait. Elle est adulte, à présent, elle comprendra.

Duke était incapable de dire un mot.

— Promets-moi, insista Opale. Tu n'auras jamais de petits enfants si Mallory pense que tu es allé en prison à cause de Jack.

Il contempla l'écran de télévision où sa fille et Jack semblaient figés, dans les bras l'un de l'autre. Opale avait raison : ces deux-là s'étaient trouvés, c'était évident.

— J'y penserai.

C'était tout ce qu'il était capable de dire.

Apparemment, c'était suffisant, parce que Opale glissa de son siège et vint s'installer sur ses genoux.

— Maintenant que nous avons mis cartes sur table, j'aimerais parler de ce sacrifice que tu as fait. Je ne te savais pas aussi noble.

Elle avait séché ses larmes, et le taquinait de nouveau. Il prit sa main dans la sienne, la porta à ses lèvres et l'embrassa.

— Tu sais, la noblesse d'esprit est une qualité très appréciable chez un mari.

— Un mari, Duke ?

— Oui, un mari.

12.

Jack se considérait comme l'un des hommes les mieux informés en matière de sécurité, mais le fait de travailler avec Mallory lui prouva que ses connaissances n'étaient rien, comparées aux siennes. Ils avaient tous les deux savouré le jeu qui consistait, pour Mallory, à découvrir toutes les astuces de son système et, pour lui, à se féliciter de chaque obstacle qu'il avait placé sur sa route. Pourtant, ses succès devenaient de plus en plus rares.

Fidèle à sa parole, Mallory ne lui avait pas posé de questions sur le Sentex 2000. Elle aurait pu gagner beaucoup de temps, grâce à la connaissance interne de son système, mais il la payait très cher pour voir son véritable travail de cambrioleuse. Ainsi, il l'observait pendant qu'elle travaillait, et il découvrait que l'excellence de sa technique consistait à tout détailler, ce qui l'amenait à se poser des questions auxquelles lui-même n'avait jamais songé lorsqu'il dessinait son système.

Pour découvrir les meilleurs moyens d'entrer dans la propriété, il fallait connaître les matériaux utilisés pour les clôtures, ainsi que l'emplacement des grilles, la distance entre le point d'entrée et l'immeuble lui-même, le temps de rotation des caméras de surveillance et le nombre de gardes armés présents sur les lieux, accompagnés ou non de chiens.

Lorsqu'il avait conçu ce nouveau système, Jack s'était concentré sur tous les moyens d'accès à la propriété et à l'immeuble. Mallory, pour sa part, passait autant de temps à analyser l'entrée que la sortie de cette propriété.

Elle voulait être sûre de trouver toutes les réponses à ces questions, quel que fût le temps que cela prendrait. Ils avaient passé deux heures à rechercher des informations sur la propriété afin de déterminer la meilleure approche possible, puis deux autres jours à étudier les plans d'entrée du bâtiment. Mallory réunissait tous les éléments de son étude, puis elle en tirait une théorie et la présentait à Jack qui n'avait plus qu'à confirmer... ou non.

Son taux d'exactitude était tout simplement incroyable. Il aurait presque pu jurer qu'elle était présente dans son esprit lorsqu'il avait conçu ce système, et cela renforçait sa détermination à intégrer la jeune femme au sein de TSS.

Malheureusement, même en étant avec elle vingt-quatre heures sur vingt-quatre, il n'avait toujours aucune idée de ce qui l'inciterait à accepter son offre.

Certainement pas de l'argent. Même s'il pouvait lui payer un salaire élevé, cela ne la motiverait pas suffisamment. Apparemment, elle semblait assez riche pour vivre comme bon lui plaisait. En tout cas, elle paraissait satisfaite.

Si seulement il parvenait à transformer leur liaison en une relation stable, il aurait une chance. Malheureusement, elle semblait bien décidée à s'en tenir là.

L'ami qu'elle avait contacté au département de police avait eu du mal à retrouver les informations dont ils avaient besoin. C'était comme rechercher une aiguille dans une botte de foin, et cela prendrait du temps.

Ce qui laissait une question en suspens entre eux deux. Bien qu'il lui eût affirmé qu'il n'avait pas actionné l'alarme, elle ne paraissait pas absolument convaincue. Etait-ce pour cette seule raison qu'elle refusait de voir évoluer leur relation et qu'elle s'en tenait au travail… et au sexe ?

Plus ils passaient de temps ensemble, plus il sentait à quel point elle tenait à garder le contrôle sur sa vie, contrairement à lui qui aurait voulu abolir toutes les barrières entre eux.

Comme tous ses efforts semblaient vains, il décida d'accélérer le processus. Mais, pour cela, il avait besoin d'aide. Et, par chance, il savait à qui en demander.

— Bonjour ! lança Jack en pénétrant dans la propriété où il avait grandi.

Bien qu'il fût déjà tard, ce samedi soir, ses parents étaient encore en train de jardiner, et il savait qu'il en serait ainsi tout au long du week-end. Son père était en train de pelleter la terre, tandis que sa mère, à genoux, binait un massif de fleurs. Pour elle, profiter de l'air frais, du soleil et de la nature était un devoir et, durant des années, elle avait entraîné fils et mari dans tous les travaux de jardinage possibles.

Jack sourit devant cette scène si familière.

— Salut ! dit son père en posant sa pelle. Tu as dû être très occupé, dernièrement. Ça fait des semaines que nous n'avons pas eu de tes nouvelles.

— C'est bien trop long, Jack ! ajouta sa mère en retirant l'un de ses gants et en lui tendant la main pour qu'il l'aide à se relever. Tu aurais pu, au moins, nous passer un coup de fil.

Il savait que sa mère avait raison, mais il espérait qu'elle lui pardonnerait son silence lorsqu'elle apprendrait quel tournant sa vie venait de prendre. Avec un grand sourire, il leur tendit une enveloppe contenant deux billets pour une croisière : le cadeau qu'il leur avait promis pour leur anniversaire de mariage.

— J'espère que ceci plaidera en ma faveur, dit-il.

Sa mère l'embrassa sur la joue, retira son second gant et prit l'enveloppe.

— C'est vraiment adorable de ta part, Jack. Merci beaucoup.

— Nous sommes impatients d'embarquer, ajouta son père.

— Vous avez besoin d'un coup de main pour le jardin ?

John secoua la tête et se dirigea vers la table.

— Il est plus que temps que nous fassions un break. Ça fait des heures que nous y sommes.

Ils s'installèrent tous les trois dans le patio, autour d'une carafe de thé glacé.

— Alors, quoi de neuf, mon fils ?

Jack appréciait d'être de retour dans la maison de son enfance. Il imagina Mallory assise là, avec eux, et cette idée le fit sourire.

— J'ai engagé un consultant pour travailler avec moi sur mon dernier système. Elle m'aide avant le lancement.

— Elle ? demanda sa mère. *Une* ingénieur ?

— Une ingénieur très spéciale. Elle envisage la sécurité d'une manière si différente de la mienne que, grâce à elle, j'ai déjà repéré plusieurs améliorations possibles pour mes conceptions. J'ai décidé de l'engager chez TSS.

— Vraiment ? demanda John. Quelle sorte d'offre envisages-tu de lui faire ?

— C'est bien là le problème. Je ne sais pas quoi lui proposer pour la décider. L'argent ne l'intéresse pas. La seule chose que j'aie à lui offrir c'est… ma propre personne. J'ai essayé de la persuader qu'elle brûlait d'envie de passer toute sa vie avec moi.

Il se tut, le temps que ses paroles fassent leur effet.

Son père reposa lentement son verre sur la table. Sa mère se tourna vers lui.

— Tu sors avec elle ?

Il hocha la tête.

— Ça a l'air très sérieux.

— En ce qui me concerne, oui. Très sérieux. Je veux la convaincre de m'épouser.

A la façon dont il fronçait les sourcils, John semblait penser qu'il avait complètement perdu la tête.

— Dans ce cas, laisse-lui un peu de temps, mon fils. Depuis quand sortez-vous ensemble ? Quelques semaines ?

Jack acquiesça et, de l'autre côté de la table, sa mère se pencha vers lui, et posa les mains sur les siennes, ce qui signifiait qu'elle se faisait beaucoup de souci pour lui.

— Cela ne te ressemble pas d'être aussi impatient, dit-elle.

Jack lui adressa un large sourire pour la rassurer.

— C'est parce que je suis vraiment très amoureux d'elle.

— D'une femme que tu viens juste de rencontrer ?

— En fait, je l'ai rencontrée il y a déjà dix ans.

— Qui est-ce ? Est-ce que nous la connaissons ?

— Non, mais je vous ai parlé d'elle. C'est la femme que j'ai rencontrée, lors du cambriolage chez Innovative.

Il prit les mains de sa mère entre les siennes et les serra, attendant sa réaction. Son père comprit aussitôt.

— Tu n'es pas en train de nous parler de l'un des voleurs, n'est-ce pas ?

— Si. C'est la fille du cambrioleur qui a été arrêté. Elle s'appelle Mallory Hunt.

Le silence qui s'abattit soudain entre eux contrastait violemment avec la lumière de cette belle fin d'après-midi. En découvrant les expressions qui se peignaient sur les visages de ses parents, Jack se remémora les paroles de Duke sur leurs différents modes de vie.

— Au cas où vous vous le demanderiez, je n'ai pas complètement perdu la tête, dit-il à ses parents, en leur faisant un timide sourire.

Puis il commença à leur parler de Mallory. Il leur décrivit le tournant qu'avait pris sa vie, ainsi que celle de ses amis. Il leur expliqua que Duke Hunt avait payé sa dette à la société, et que ces gens étaient chaleureux, qu'ils prenaient grand soin de la femme qu'il aimait… Il ajouta qu'elle ne semblait pas prête à laisser quiconque entrer dans sa vie.

— Je suis sûr qu'elle est consciente du sentiment si spécial qui existe entre nous deux, conclut-il, et je crois qu'elle tient à moi, mais c'est tout ce qu'elle acceptera de reconnaître.

Sa mère le regarda droit dans les yeux.

— Est-ce que tu l'aimes, Jack ?

— Oui.

Un sourire se dessina sur ses lèvres, et elle resserra l'étreinte de ses doigts.

— Alors, ça nous suffit.

Son père se tourna vers lui, et le regarda droit dans les yeux.

— Dis-nous simplement ce que nous pouvons faire pour t'aider.

Duke s'installa à son bureau, alluma la lampe et se pencha sur les documents. Ça faisait plusieurs jours qu'il n'avait pas parlé à Mallory et, après une si longue période sans savoir ce qui se passait entre elle et Trinity, il commençait à regretter d'avoir réclamé l'aide de son équipe pour l'espionner.

Néanmoins, après sa conversation avec Trinity dans le vestiaire du gymnase, il avait décidé de lui accorder un peu de temps. Il savait que la présence constante de son équipe ne ferait que mettre Mallory sur la défensive, mais il ne pouvait se résoudre à rester complètement en dehors de leur histoire, et il était même passé plusieurs fois en voiture devant chez sa fille, pour voir si la voiture de Jack s'y trouvait.

Apparemment, Trinity avait emménagé avec elle, et ça le rendait nerveux. Pourquoi diable sa fille ne lui parlait-elle pas ? Il était si tracassé qu'il avait décidé de se plonger dans le travail, ce soir-là, alors qu'Opale allait se coucher parce qu'elle devait se lever tôt, le lendemain matin.

Il sourit. A présent, ils passaient toutes leurs nuits ensemble, et Opale ne cessait d'apporter des affaires de chez elle, comme si elle avait l'intention de s'installer : des vêtements, une collection de magazines de mode... La veille, elle avait même apporté son ordinateur portable. Il lui avait fait un peu de place sur son bureau, et avait effectué tous les branchements nécessaires pour qu'elle puisse accéder à Internet.

Il savait qu'elle avait conscience de tous les efforts qu'il faisait afin de lui montrer sa bonne volonté. Tout comme il savait qu'elle le testait avant de s'engager définitivement.

Il soupira. Ils avaient déjà perdu bien trop de temps, tous les deux. Néanmoins, compte tenu de leur passé, il lui semblait normal qu'Opale se montre aussi prudente. Elle accepterait sa proposition lorsqu'elle se sentirait prête, et il devait déjà s'estimer heureux qu'elle n'ait pas, tout simplement, refusé de l'épouser.

Le téléphone sonna, le tirant de ses pensées. Il décrocha

— Allô !

— John Trinity à l'appareil. J'aimerais parler à Duke Hunt.

— C'est moi. Votre nom me dit quelque chose.

— Je suis le père de Jack.

Ah !

Duke se cala dans sa chaise, et un sourire lui monta aux lèvres. Les événements prenaient une tournure inattendue, mais très intéressante.

— Que puis-je faire pour vous, John ?

— Jack vient juste de nous apprendre, à ma femme et à moi, qu'il entretenait une relation avec votre fille. Nous voulions prendre contact avec vous.

Très intelligent. Il avait fait comprendre à Jack qu'il espérait que sa relation avec Mallory était plus qu'une simple aventure. Quelle meilleure façon de révéler ses intentions que de faire intervenir ses parents ?

Simple et efficace. En deux secondes, Jack monta encore dans son estime.

— Ravi que vous appeliez, John. La dernière fois que j'ai parlé à Jack, il n'avait pas encore clarifié ses intentions vis-à-vis de ma fille. Je suppose que votre appel signifie qu'il a pris une décision.

166

— Je peux vous assurer qu'aujourd'hui, tout est très clair dans son esprit ! affirma John en riant. Il est venu nous informer qu'il avait l'intention d'épouser votre fille. Néanmoins, vu les circonstances particulièrement inhabituelles de leur rencontre, il a besoin d'un petit coup de main pour convaincre sa réticente compagne.

— Je comprends, dit Duke.

Opale surgit à cet instant à la porte du bureau, son fin peignoir de satin blanc scintillant sous la lumière et moulant ses courbes.

— C'est le père de Jack, lui dit Duke en masquant un instant l'écouteur.

Opale haussa les sourcils.

— Qu'est-ce qu'il veut ?

— A quoi pensez-vous, John ?

— Jack a l'air de penser que si nos familles apprennent à se connaître, cela rassurera Mallory quant au fait que le passé est définitivement enterré. Sa mère et moi sommes d'accord, si vous l'êtes aussi. Il a également mentionné une femme dont Mallory semble très proche.

— Opale.

Duke s'écarta du bureau afin qu'Opale puisse venir s'asseoir sur ses genoux et écouter la conversation.

— Chacune de vos paroles fait grimper votre fils dans mon estime, John, dit Duke. Opale et moi serons heureux de vous rencontrer, votre femme et vous.

— Invite-le à venir prendre un verre à ton club, chuchota Opale.

— Nous pourrions prendre un verre à mon club, proposa Duke docilement. Quelle date vous conviendrait ?

Tandis qu'il mettait les détails au point avec John Trinity, Opale passa ses bras autour de son cou et se blottit contre lui, visiblement ravie qu'il ait accepté sa suggestion.

Duke était ravi, lui aussi. Pas seulement à cause du comportement de Jack, mais parce qu'il réussissait à profiter de chaque opportunité pour prouver à Opale qu'il tenait compte de son avis.

Lorsqu'il raccrocha, après être convenu d'un rendez-vous avec John, il eut soudain envie d'aller au lit... même s'il n'était pas vraiment fatigué.

— Bon sang, Jack ! dit Mallory, tandis qu'il entrait dans son atelier où elle avait passé tout l'après-midi. D'après mes calculs, l'Atlanta Safe Exchange a versé suffisamment d'argent à TSS pour sécuriser chacune des fenêtres de leur entrepôt. Tu n'y es pas allé de main morte !

Jack sourit. Ses parents venaient de lui apprendre, par téléphone, qu'ils avaient bu un verre avec Duke et Opale, et que le courant était immédiatement passé entre eux. A tel point qu'ils s'étaient retrouvés, la veille, pour assister à un spectacle à Broadway.

C'était la troisième fois qu'ils se voyaient, cette semaine.

Il n'en informa pas Mallory, et s'efforça de dissimuler sa satisfaction.

— Est-ce ma compagnie qui t'a informée du coût des protections ? demanda-t-il.

Elle lui sourit.

— Ton équipe m'a beaucoup aidée. Ce que j'aimerais savoir, c'est si ce système en vaut la peine.

— Cette protection est efficace pour les sociétés qui veulent se protéger des cambrioleurs, dit-il d'un ton neutre.

— Des barreaux de protection sur chacune des fenêtres, ça, ça en découragerait plus d'un. Ce qui veut dire que nous pénétrerons dans l'immeuble par le toit, comme prévu… Bon, j'ai assez travaillé pour aujourd'hui. Que dirais-tu d'aller faire une petite répétition ?

Son sourire s'évanouit complètement lorsqu'il songea à l'entraînement à l'escalade. Il s'était rendu au gymnase tous les jours et, comme Mallory le lui avait promis, il avait fait des progrès. Restait à savoir si c'était suffisant pour s'exercer en situation réelle.

— L'un des points importants de ce cambriolage sera de réussir à neutraliser les sondes détectrices de mouvement, dit Mallory. A ce jour, mon niveau de réussite est de cent pour cent, et j'ai bien l'intention de le maintenir. Le fait que tu puisses mettre l'alarme en route accidentellement ne fait pas partie de mon plan.

— Ça me paraît logique. Où allons-nous nous entraîner ? Chez TSS ?

Elle secoua la tête.

— Pas du tout. Il faut que nous testions tes réactions dans un lieu qui ne t'est pas familier, pour voir comment tu réagis sous la pression. Viens, allons-y.

Il la suivit dans sa chambre, et ils se changèrent tous les deux. Jack enfila son costume de cambrioleur : une tenue entièrement noire qu'ils avaient achetée récemment.

Mallory, elle, revêtit une combinaison qui moulait parfaitement ses formes et, lorsqu'elle lui tourna le dos pour refermer le placard, il passa les bras autour de sa taille, et plongea son visage dans ses cheveux.

— J'ai une curieuse impression de déjà vu, dit-il. Tu ressembles à cette superbe voleuse que j'ai rencontrée, il y a dix ans.

Il glissa la main sous la combinaison, puis écarta son soutien-gorge afin de caresser sa peau satinée.

Elle se tortilla contre lui, et rit doucement.

— Tu ne rates jamais une occasion de me peloter, hein ?

— Jamais ! Qui sait ce qui peut m'arriver, ce soir, durant notre répétition ? Si je meurs, est-ce que je te manquerai ?

Elle pressa son sein contre sa main. Il taquina son téton, et sourit en la sentant frémir.

— Ce qui me manquerait, ce serait de ne plus coucher avec toi.

Voilà, c'était une réponse typique de Mallory…

Il continua à caresser ses seins, et elle passa les bras autour de son cou, lui effleurant la nuque et l'invitant à poursuivre ses caresses, ce qu'il fit jusqu'à ce qu'elle commence à gémir.

— Hm, tu espères me faire renoncer à notre petite escapade ?

— Non. Mais j'adore te déshabiller. J'ai eu ce fantasme pendant dix ans.

— Vraiment ?

Il accentua ses caresses sur sa poitrine, et pressa son érection contre ses fesses.

— Absolument. Cette cambrioleuse si sexy a hanté mes rêves durant toutes ces années et, finalement… elle est à moi.

Comme il s'y attendait, Mallory se mit à rire et s'écarta de lui. Selon lui, elle n'apprécierait pas de savoir à quel point elle était devenue prévisible, et combien son comportement ressemblait à de la panique.

170

Apparemment, elle ne cherchait pas seulement à le convaincre, lui, qu'ils ne formaient pas un couple ; elle essayait surtout de s'en convaincre elle-même.

Et *ça*, en réalité, c'était une excellente nouvelle.

13.

Avec ses colonnes doriques et son élégante façade, Peachtree Financial évoquait, pour Jack, une de ces banques du Vieux Sud.

— Parle-moi un peu de cet endroit, demanda-t-il à Mallory

— C'est une institution financière qui ne travaille qu'avec une clientèle triée sur le volet, répondit-elle.

Elle était déjà en train d'ouvrir sa portière, alors qu'il n'avait même pas encore arrêté le moteur. Puis elle alla prendre leur équipement, à l'arrière.

— Encore une petite différence que tu dois noter, Jack. Si c'était un véritable cambriolage, nous ne serions pas en train de nous garer ici. Nous aurions un véhicule qui tournerait dans le quartier et qui viendrait nous reprendre en temps et en heure.

— Qui conduisait, la nuit où vous avez cambriolé Innovative ?

— Paul, comme d'habitude.

Jack prit le reste du matériel, ferma sa voiture à clé et rejoignit Mallory à la porte arrière de l'immeuble.

— Une autre différence, chuchota-t-elle.

— Laisse-moi deviner. Normalement, tu ne devrais pas avoir la clé !

— Excellente réponse.

— A qui appartient cet endroit ?

— Qu'est-ce qu'il y a ? Tu as peur qu'on se retrouve en prison ?

— Non. Je me demande simplement qui te fait suffisamment confiance pour te laisser pénétrer ainsi dans sa société.

Elle se mit à rire, puis entra et tapota sur le pavé tactile pour désamorcer l'alarme. Ensuite, elle s'écarta pour le laisser passer.

— Allez, viens !

Jack mit son masque sur son visage, et la suivit à travers de longs corridors, jusqu'à l'arrière du bâtiment.

Tandis qu'ils avançaient dans l'obscurité, il sentit tous ses sens s'exacerber. Il avait l'impression de vivre une scène surréaliste, tandis que des visions du passé surgissaient à son esprit.

Ils arrivèrent dans une salle de stockage qui contenait une collection hétéroclite d'objets allant des tout derniers gadgets électroniques à des pièces dignes d'un musée. Le fait que tous ces éléments n'aient pas été jugés dignes de la chambre forte en disait long sur ce qui se trouvait à l'intérieur. Cela révélait également que Peachtree Financial n'était pas une institution bancaire dans le sens traditionnel du terme.

— Est-ce la boutique de prêteur sur gages qui appartient à Eddie ? demanda Jack, surpris.

— Bravo ! Nouvelle bonne réponse, monsieur Trinity ! D'un geste, elle lui indiqua la porte ouverte.

— Jette un coup d'œil à la sonde photoélectrique déployée à partir de cet angle. Rien n'est plus important pour nous que de pouvoir nous déplacer sans déclencher les capteurs. Tout ce que je vais pouvoir faire, c'est bloquer les faisceaux dans un champ suffisamment large afin que nous puissions y manœuvrer, et neutraliser les sondes détectrices de voix et de température dans ce quart de cercle. Ça nous facilitera le travail.

Jack se contenta d'acquiescer de la tête, sans voir en quoi leur job allait être facile. Puis il se concentra sur les rayons de lumière rouge qui semblaient s'entrecroiser sur un modèle aléatoire, et étudia leur conception.

— Placements exceptionnels, dit-il. J'en ai utilisé de semblables dans plusieurs de mes systèmes.

— Je sais.

Ces deux mots chuchotés semblèrent résonner dans le silence et, de nouveau, Jack eut l'impression de ne pas être vraiment dans la réalité.

Il se tint dans l'angle de la caméra de surveillance en circuit fermé qui équipait la porte, pendant que Mallory composait les codes d'accès du système afin qu'ils puissent accéder à la réserve.

— A quel moment devons-nous passer par le toit ? demanda-t-il.

— Nous avons suffisamment de place pour opérer à travers les combles.

— Visiblement, tu as déjà fait ça.

— Nous avons testé chaque angle de ce système avant qu'Eddie ne soit satisfait et décide de l'installer.

— Ça ne le dérange pas que nous le neutralisions ?

— Ça ne pose aucun problème. Paul s'occupera de tout reconnecter, et les réparations passeront dans les frais généraux. C'est toi qui paieras la facture.

Il haussa les épaules.

Ils accédèrent aux combles par les gaines électriques qui protégeaient les systèmes de climatisation, et Jack se concentra pour ramper de son mieux dans les conduits poussiéreux, son matériel sur le dos.

Lorsqu'ils furent parvenus à destination, ses genoux le brûlaient, et il songea que le cambriolage était un art qui demandait une excellente forme physique, bien plus qu'il ne l'avait imaginé, malgré toutes les heures passées à s'entraîner sur le mur d'escalade.

Mallory lui donna quelques instructions, et ils installèrent leur matériel de descente.

Ils n'avaient que six mètres à franchir. Jack avait fait beaucoup plus avec Mallory sur le mur d'escalade du gymnase, mais ces quelques mètres prenaient une signification toute particulière, à cause des faisceaux photoélectriques qui coupaient son accès au plancher en dessous.

Utilisant un équipement spécial qu'il n'avait encore jamais vu, Mallory neutralisa une partie de la zone des faisceaux lumineux afin de leur offrir un passage pour la descente. Néanmoins, se mouvoir entre les minces ouvertures qui séparaient les faisceaux signifiait non seulement tenir compte des faisceaux eux-mêmes, mais ne pas brasser l'air autour des cellules.

Jack n'imaginait pas qu'il se sentirait aussi nerveux. Après tout, ce n'était qu'un galop d'essai…

Lorsqu'il leva les yeux vers Mallory, il sentit son cœur tambouriner dans sa poitrine. Elle, par contre, avait l'air de bien s'amuser.

— Prêt ? chuchota-t-elle.

— Prêt.

Elle se pencha vers lui, et le surprit en l'embrassant doucement.

— Rappelle-toi que si tu déclenches l'alarme, la police arrivera. Sinon, tu n'as rien à craindre.

— D'accord.

Cela semblait si simple.

Ce fut sa dernière pensée, avant qu'il attache son harnais et sécurise sa prise. Puis Mallory insista pour qu'ils vérifient mutuellement leur équipement, et chacun attrapa sa corde. Après quoi ils commencèrent leur descente.

Jack progressait lentement, contrôlant chacun de ses muscles afin de bouger le moins possible. Son regard était concentré sur le mince passage entre les différents capteurs. Il régnait sur les lieux un silence total. Ils entendaient juste le bruissement de leurs souffles.

Peut-être était-il trop concentré ? En tout cas, au moment où ses pieds atteignirent le premier champ de sondes, il manqua de quelques centimètres sa prise sur la corde, ce qui l'amena à se balancer de manière instable, avant qu'il réussisse à contracter ses muscles pour reprendre le contrôle.

Derrière lui, il entendit la respiration de Mallory, un peu plus saccadée qu'un instant plus tôt, et il sentit son regard sur lui.

Il ne devait surtout pas mettre pied à terre avant que le système ne soit neutralisé, sinon il déclencherait une sirène…

Il attendit que Mallory pianote le code d'accès, heureux d'avoir déjà réussi sa descente.

Elle lui sourit. Il songeait qu'elle aussi avait l'air satisfait lorsque, soudain, il sentit qu'elle glissait son pied dans les prises de sa propre corde. Avant qu'il ne comprenne ce qu'elle était en train de faire, elle se lança en avant, dans un mouvement si contrôlé qu'à aucun moment elle ne risqua de toucher les faisceaux lumineux.

Soudain, elle fut en position accroupie, en plein air, devant lui, parfaitement immobile dans son harnais.

— Qu'est-ce que…

— Chut !

Elle lâcha sa corde d'une main, s'arrêta un instant pour s'assurer des risques, et se dirigea droit vers son entrejambe. Jack inspira profondément, sentant son corps échapper à son contrôle, puis réussit à bander tous ses muscles afin de stopper le mouvement saccadé qui l'agitait et qui risquait de l'envoyer dans le sillage de l'un des faisceaux.

Il inspira profondément et, soudain, comprit ce qu'elle était en train de faire.

Un autre test.

Elle changeait le scénario pour l'obliger à improviser. Il était certain qu'elle adorerait qu'il déclenche l'alarme, et il était bien déterminé à ne pas lui donner ce plaisir…

Du moins, jusqu'à ce qu'elle détache le Velcro de sa combinaison et glisse sa main à l'intérieur.

— Mallory…, gémit-il.

— Je ne peux pas résister à l'envie de te peloter.

Elle glissa ses doigts gantés sous son slip, et libéra son sexe. Comme lors de cette fameuse nuit, dix ans plus tôt, Jack sentit les deux hémisphères de son cerveau s'affronter. La moitié rationnelle lui rappelait que s'il bougeait un seul muscle, il risquait de déclencher l'alarme. Mais l'autre moitié l'incitait à se laisser aller à ses sensations et à savourer les caresses de Mallory. Alors, il resta accroché là, indécis, tandis qu'elle continuait à l'exciter.

Elle le prit tout entier dans sa bouche, si profondément que le masque qui lui couvrait le menton lui caressa les testicules.

Il n'avait plus aucun contrôle sur lui-même. Tout ce qu'il était capable de faire était de serrer les dents et de prier pour ne pas trop bouger, tandis qu'elle continuait à le sucer, le lécher, le rendre fou…

Il se dit qu'il n'allait pas tenir le coup très longtemps. Mais pourrait-il jouir en restant immobile ? Il ondulait des hanches, poussant son sexe dans la bouche de Mallory.

Elle dut comprendre la même chose au même instant, parce qu'elle laissa soudain glisser son sexe hors de sa bouche. Il sursauta en sentant l'air frais sur sa peau… et perdit l'équilibre.

Il réussit à contrôler suffisamment sa chute pour éviter les faisceaux lumineux… mais il s'étala juste devant la chambre forte.

Aussitôt, l'alarme émit un son strident.

A l'instant même, Mallory se lança derrière lui, slalomant entre les détecteurs de présence, et se débarrassa de son harnais. En quelques rapides pressions sur le tableau de bord, elle neutralisa le tout.

— Tu as résisté plus longtemps que je…

Il l'attrapa avant qu'elle n'ait fini de se retourner.

Son cœur tambourinait dans sa poitrine, et son entrejambe palpitait. Il avait la gorge sèche, et était incapable de prononcer une seule parole.

Mais ses mains, elles, savaient ce qu'elles avaient à faire.

L'attirant contre lui, il écarta le Velcro de sa tenue, fit glisser sa combinaison le long de ses bras… sur ses hanches… le long de ses cuisses… jusqu'à ce qu'elle n'ait plus sur elle que son soutien-gorge et son string noirs.

D'un doigt, il écarta le string.

Mallory mit ses mains autour de son cou et s'appuya contre la paroi de la chambre forte, les cuisses écartées. Puis elle se cambra contre lui, ses seins laiteux surgissant par-dessus son soutien-gorge de dentelle.

Malgré le masque qui dissimulait ses traits, il savait qu'elle vivait ce moment aussi intensément que lui.

Son membre dressé trouva son intimité moite et prête pour lui, et il la pénétra d'une seule poussée, sans lâcher ses seins aux tétons durcis, l'entraînant dans un furieux mouvement de va-et-vient.

Il savait qu'il ne lui faudrait pas longtemps pour l'amener à l'orgasme...

Quand il la sentit trembler entre ses bras, il se laissa aller lui-même à la jouissance, en poussant un gémissement qui résonna dans le silence.

Ils se regardèrent fixement, stupéfiés par l'intensité et la violence du moment.

Mallory se tenait devant lui, pratiquement nue, ses seins se soulevant au rythme de sa respiration haletante, son masque dissimulant toujours son si beau visage.

Elle ressemblait à l'un de ses fantasmes, et lui rappelait tellement ce qu'ils avaient vécu, dix ans plus tôt, qu'il eut l'impression d'avoir traversé le temps. Sauf que, cette fois...

Cette fois, il lui retira son masque et écarta suffisamment le sien pour pouvoir l'embrasser.

Il l'embrassa passionnément, presque violemment, et la sentit soupirer sous ses lèvres. Il savait, sans aucun doute possible, que cette femme était son âme sœur, et qu'il n'en désirerait jamais aucune autre avec cette force. Cela faisait dix ans qu'il l'attendait.

Et elle aussi l'avait attendu. Il était bien décidé à le lui faire avouer. Il lui fit l'amour avec sa bouche, avec sa langue, lui faisant comprendre par chacune de ses caresses qu'il ne baisserait pas les bras. Peu importaient les défis qu'elle lui lançait ; il n'aurait de cesse de la faire sienne.

Et elle comprit le message. Ce fut elle qui rompit leur baiser, et la panique qu'il lut dans ses yeux lui révéla qu'elle était troublée au-delà de ce qu'elle pouvait assumer.

Soudain il remarqua quelque chose qu'il n'avait pas vu, pendant qu'il lui faisait l'amour contre la porte.

— C'est moi qui ai dessiné cette chambre forte, dit-il en retirant complètement son masque et en passant sa main sur la porte.

— Tu en es sûr ?

— Certain.

Ses yeux verts lancèrent une étincelle. Elle se retrouvait en terrain familier.

— Je le savais déjà. C'est, en partie, pour ton brevet que mon père à recommandé TSS à Eddie pour sa chambre forte.

— Je prends ça pour un compliment.

— C'en est un.

Ils se remirent au travail, et effacèrent toute trace de leur visite. Finalement, ils se dirigèrent vers la porte de sortie arrière pour réactiver le tableau de bord du système de sécurité.

— Jack, as-tu l'impression d'avoir oublié quelque chose ? demanda Mallory.

Il jeta leur matériel sur le siège arrière de son 4x4, et la regarda.

— Non. Pourquoi ?

— Est-ce que les mots *caméra de surveillance* signifient quelque chose pour toi ?

Ces deux mots résonnèrent dans sa tête. Bien sûr, il y avait une caméra de surveillance, et il l'avait oublié !

— Tu veux dire qu'il y a une cassette vidéo de toi en train de me...

Elle hocha la tête.

Un autre test.

— Et, bien sûr, tu n'as absolument pas l'intention de retourner à l'intérieur et de t'en emparer, n'est-ce pas ?

— Eddie et Opale nous la rapporteront.

Nous. Enfin !

A n'importe quel autre moment, il se serait réjoui d'entendre ce mot, mais, pour l'instant, il essayait surtout de deviner si Mallory bluffait ou non.

Apparemment, ce n'était pas le cas.

Tout en songeant à ce moment si intime capturé par une caméra, il claqua la portière.

— Bon sang, Mallory ! Dis-moi où se trouve le moniteur de contrôle.

— Il va falloir que tu le trouves toi-même. Et, Jack...

Elle s'interrompit un instant, et lui sourit malicieusement.

— Essaie de ne pas activer l'alarme une seconde fois.

14.

Un mauvais pressentiment saisit Mallory à l'instant où Jack tournait au coin de sa rue. Sa peau se mit à fourmiller, comme si elle avait reçu une décharge électrique, et tous ses sens étaient en alerte. Lorsqu'elle vit plusieurs voitures de police garées devant sa porte, elle ne fut guère surprise.

En garant son 4x4, Jack la questionna d'un air anxieux :

— A ton avis, c'est en rapport avec notre petite virée chez Eddie ?

— Absolument pas. Rien à voir, tu peux me croire.

Elle s'aperçut alors que sa porte d'entrée était grande ouverte. Pourquoi sa compagnie de sécurité ne l'avait-elle pas prévenue par téléphone ? Elle jeta un coup d'œil dans son sac. Elle avait éteint son portable lorsqu'ils étaient arrivés chez Eddie.

Ils sortirent tous les deux de la voiture, et se dirigèrent vers l'un des officiers qui parlait dans une radio.

— C'est mon domicile, lui dit Mallory. Que s'est-il passé ?

Le policier coupa sa radio.

— Une effraction. Le voleur est encore à l'intérieur. Un gamin drogué que nous avons pris sur le fait.

Mallory sentit sa peau se glacer et, apparemment, elle n'était pas la seule à avoir de mauvaises prémonitions parce que, aussitôt, Jack posa une main réconfortante sur son épaule.

Elle grimpa l'escalier et, à la seconde même où elle atteignit la porte d'entrée, elle le vit, affalé contre le mur, tournant le dos au lieutenant de police qui était en train de lui passer les menottes.

Lance.

Il ne se débattait pas, et elle n'avait nul besoin de voir ses yeux pour savoir qu'il était drogué.

Mallory découvrit avec stupéfaction l'incroyable désordre qui régnait dans sa cuisine, comme si Lance avait fouillé tous ses placards, à la recherche de quelque chose à voler.

— Que s'est-il passé, lieutenant ? demanda Jack.

— Vous habitez ici ?

Jack inclina la tête.

Mallory, quant à elle, avait reporté son attention sur Lance qui semblait l'implorer du regard.

— Nous avons attrapé ce gamin qui s'apprêtait, manifestement, à faire main basse sur tout ce qui est monnayable dans cet appartement. Il prétend vous connaître.

Mallory hocha la tête, et jeta un coup d'œil dans le salon, où deux autres policiers étaient en train de référencer divers objets sur la table. Son ordinateur portable, son assistant personnel, sa caméra digitale et toutes ces choses que Lance aurait pu emporter. Sans parler de l'argent liquide dont elle gardait toujours une somme chez elle.

Mais tout ceci n'était rien, comparé à l'anxiété qui l'habitait.

Jack discuta avec le lieutenant de ce qui allait arriver à Lance, de ce que Mallory pouvait faire. Elle se sentait totalement démunie, face à ce fait incroyable : Lance avait brisé le lien précieux qui existait entre eux.

— Pourquoi ? lui demanda-t-elle.

— Papa a dit que tu serais chez Eddie, ce soir. Il m'a coupé les vivres. J'avais besoin d'un peu d'argent.

Pour de la drogue, sans aucun doute. Le fait que Lance ait envisagé de la voler pour satisfaire sa dépendance lui sauta au visage.

Bien sûr, la notion de vol ne lui était pas complètement étrangère. Mais jamais elle ne s'en serait prise à une personne physique. Ça, c'était hors de question, surtout si cette personne était un ami.

Elle ne savait que dire. Elle était assommée par le fait que Lance fût tombé si bas, et agacée que Paul ne réussisse pas à aider son fils. Et elle était en colère, aussi. Lance venait de la mettre dans une situation impossible. La police s'attendait à ce qu'elle porte plainte contre lui, et elle ne savait que faire.

— Mallory, dit Jack en la prenant par le bras, le lieutenant Carson souhaiterait que tu fasses le tour de ton appartement afin de voir ce qu'il te manque, éventuellement.

— C'est un sacré système de sécurité que vous avez ici, mademoiselle. Je ne comprends toujours pas comment ce gosse a réussi à entrer. Si vous n'aviez pas eu une telle protection, il aurait filé bien avant notre arrivée.

Mallory se contenta de hocher la tête. Quand le lieutenant aurait découvert qui était le père de Lance, il ne serait plus aussi surpris.

Accompagnée par Jack, elle pénétra dans son atelier, puis se dirigea à l'étage. Ses bijoux étaient à leur place. Il y avait la bague d'émeraudes de son seizième anniversaire, et le pendentif en diamants, cadeau de son père pour ses vingt et un ans. Des pièces dont la vente aurait procuré beaucoup d'argent à Lance, mais qui lui auraient manqué, à elle, pour leur valeur sentimentale.

Elle se réjouit que Lance ne les ait pas prises, et voulut y voir un léger signe d'espoir.

Jack l'entraîna vers la salle de bains et referma la porte derrière eux.

— Ça va ? demanda-t-il.

— Je suis juste soulagée qu'il n'ait pas eu une arme sur lui. Si ces policiers avaient pu penser une seule seconde qu'il était armé, ils lui auraient peut-être tiré dessus dans mon salon.

Ils restèrent silencieux quelques instants.

— Es-tu consciente des choix que tu vas devoir faire, à présent ? demanda Jack.

— Ils s'attendent à ce que je porte plainte.

Jack hocha la tête.

— Que veux-tu faire ?

Elle se dirigea vers la fenêtre et regarda au-dehors. Jack eut l'air de comprendre qu'elle avait besoin d'espace pour contrôler l'agitation qui l'habitait.

— Je ne sais pas, répondit-elle en haussant les épaules. Je ne veux pas de cette responsabilité.

— Ce serait plus facile.

— Oui. Ce serait plus facile pour moi et pour Lance. Même si je ne suis pas certaine que le plus facile soit le meilleur pour lui.

Le silence retomba. Elle savait que Jack avait sa propre opinion, mais qu'il ne chercherait pas à l'influencer. Pourtant, elle éprouva le besoin de lui demander son avis. Il avait l'air si solide, toujours si sûr de lui.

— Qu'en penses-tu, Jack ?

186

— Je pense que tu dois faire ce qui pourra aider Lance.

— Mais je ne sais pas ce que c'est !

— Tu ne m'en as pas dit assez sur lui pour que je comprenne tous ses problèmes, mais, d'après ce que je vois, il est évident qu'il est devenu incontrôlable et qu'il a sérieusement besoin d'aide.

Il ne mâchait pas ses mots, et elle appréciait sa franchise.

— Il est en colère, dit-elle d'une voix entrecoupée. Je ne sais pas pourquoi. Personne ne le sait. Pourtant, ce n'est pas faute d'avoir essayé de le comprendre. Il a fait les mauvais choix ; il traîne avec la racaille. Paul fait tout ce qu'il peut pour lui, mais il se sent coupable. Nous avons tous essayé de le convaincre de se faire aider, mais il refuse. Il faut qu'il prenne certaines décisions, mais, jusqu'ici, il n'en a pas été capable.

— Pourquoi ?

— Je crois qu'il est effrayé. Tu sais, il peut très bien être envoyé en maison de redressement.

— Peut-être que ça ne lui ferait pas de mal.

C'était une vérité dure à entendre, mais elle y avait déjà songé.

— Comment le saurais-je ?

— Certes, tu n'en sais rien. La seule chose dont tu peux être sûre, actuellement, c'est que si Lance continue sur cette voie, il finira en prison. Même si tu ne portes pas plainte contre lui, un jour ou l'autre, quelqu'un le fera. Et, la prochaine fois que tu iras le chercher derrière une poubelle, il sera peut-être mort, à ton arrivée.

Cette vérité flotta un moment entre eux. Ils se regardèrent. Mallory ne voulait pas paraître énervée ni montrer une quelconque faiblesse, mais elle savait que Jack voyait clair en elle.

— Ce n'est pas une situation facile, Mallory, lui dit-il doucement. Mais c'est peut-être l'occasion ou jamais de l'aider réellement.

— Tu penses que je devrais porter plainte ?

— Tu es la seule à pouvoir en décider. Lance est mineur. Si tu portes plainte, le tribunal peut l'envoyer dans une maison de redressement, mais il peut aussi l'obliger à se soigner. Quoi qu'il en soit, il aura une chance de s'en sortir. Je comprends la réaction de Paul, mais, une fois que Lance aura eu dix-huit ans, il n'aura plus aucun contrôle sur lui.

Jack avait raison. Elle le savait au fond de son cœur. Paul ne s'était jamais remis de la mort de sa femme et, d'une certaine manière, il se sentait coupable d'être toujours vivant.

Paul avait besoin que ses amis l'aident.

Mais, même en sachant cela, Mallory était toujours aussi déconcertée, face à la responsabilité qui lui incombait brusquement.

Jack sentit son trouble. Il s'approcha d'elle et la prit par la main.

— Redescendons, dit-il. Les policiers attendent ta décision.

Quand ils atteignirent le rez-de-chaussée, Lance se précipita sur Mallory pour s'excuser. Il la supplia d'appeler son père pour qu'il vienne le chercher. Il semblait paniqué à l'idée que les policiers l'emmènent.

Mais la jeune femme ne faillit pas. Elle se contenta de regarder Lance disparaître, en observant les feux arrière des voitures de police s'évanouir dans la nuit. Elle avait déjà pleuré toutes les larmes de son corps, la dernière fois qu'elle avait regardé quelqu'un qu'elle aimait subir le même sort.

Le lieutenant Gregory Dunkel consulta le rapport que Mallory avait remis aux policiers, puis il contourna son bureau, et vint vers elle.

— Lance pourra téléphoner à son père avant que nous ne le mettions en cellule, dit-il. Je m'occuperai personnellement de son cas, si cela peut vous aider à vous sentir mieux.

— Merci beaucoup, Greg.

La jeune femme se sentait quelque peu soulagée.

— Vous avez fait ce qu'il fallait, Mallory, reprit le lieutenant. Je sais que c'est difficile pour vous, mais, à présent, laissez-nous faire notre travail et voir ce que nous pouvons mettre en place pour aider ce garçon.

— Je compte sur vous, dit-elle en lui serrant la main. Au fait, qu'en est-il des rapports que nous cherchions ? Vous avez trouvé quelque chose ?

Le lieutenant regarda Jack.

— En fait, oui. Voulez-vous en parler maintenant ?

Elle suivit son regard et hocha la tête.

— Oui. Jack est… un ami.

Jack n'apprécia guère l'expression, mais le fait qu'elle souhaite sa présence était déjà une petite victoire.

Le lieutenant refit le tour de son bureau, ouvrit un dossier, et tendit plusieurs documents à Mallory.

Elle posa les rapports sur la table afin que Jack puisse regarder par-dessus son épaule, et commença à tourner les pages.

— C'est exactement ce que je cherchais, Grégory. J'avais peur qu'ils n'aient été détruits, après toutes ces années.

— Techniquement, ils auraient dû l'être. C'est la raison pour laquelle j'ai mis autant de temps pour les retrouver.

Mallory lui sourit d'un air absent, complètement absorbée par sa lecture. Jack suivit son regard jusqu'à la page qui détaillait les transmissions de la station de surveillance centrale d'Innovative à la police, durant cette nuit si lointaine.

L'alarme avait été actionnée depuis l'intérieur de l'entrepôt. D'un côté, Jack était content que Mallory ait sous les yeux la preuve écrite que ce n'était pas lui qui avait mis cette fichue alarme en marche. D'un autre côté, il n'était pas franchement ravi qu'elle ait encore besoin de cette preuve, après tout ce qui s'était passé entre eux : le travail, l'amour, la vie à deux, quasiment vingt-quatre heures sur vingt-quatre…

Mais il n'eut guère le temps de songer à sa fierté blessée car, soudain, Mallory devint extrêmement pâle et se mit à trembler.

Il posa aussitôt une main sur son épaule.

— Quelque chose ne va pas ?

Elle semblait au plus mal, comme si les incidents de cette nuit et ceux qui avaient eu lieu dix ans plus tôt pesaient, brusquement, beaucoup trop lourd sur ses épaules.

L'espace d'un instant, Jack entrevit, sous son apparente maîtrise permanente, la véritable femme qu'elle était : celle qui souffrait de blessures profondes et refusait obstinément de les partager.

Qu'avait-elle découvert de si terrible dans ces documents ? Il attendrait qu'ils soient seuls pour lui poser la question.

Elle referma subitement le dossier, puis le rendit à Dunkel.

— C'était exactement ce qu'il me fallait, Greg. Merci beaucoup. Je sais qu'il vous a fallu du temps pour le retrouver. Je vous dois un service.

— Pas du tout. C'est un renvoi d'ascenseur pour le cas de Fine Art, dit le lieutenant, faisant référence à une série de cambriolages de haut vol qui avaient eu lieu dans différents musées et galeries d'art d'Atlanta, quelque temps auparavant.

Jack ignorait que Mallory avait participé à l'enquête.

— Nous n'aurions jamais bouclé cette affaire sans votre flair, reprit Dunkel.

De nouveau, elle lui sourit d'un air absent.

— Nous restons en contact à propos de Lance.

Quelques instants plus tard, Jack la prit par la main, et ils quittèrent le poste de police.

Il était tout juste 5 heures du matin lorsqu'ils quittèrent le parking. Elle ne sembla pas remarquer qu'ils ne se dirigeaient pas vers chez elle. En tout cas, elle ne fit aucun commentaire.

— Qu'as-tu découvert dans ces rapports ? demanda Jack. Mis à part le fait que je te disais la vérité.

— Je ne cherchais pas la confirmation de ton innocence. Je voulais savoir qui avait fait ça.

— Et tu as la réponse ?

— C'est mon père, répondit-elle d'un ton neutre. Je ne voulais pas le croire. Je pensais qu'il mentait pour m'éviter de me sentir responsable de son arrestation.

— Les accidents arrivent, Mallory.

Un instant, il quitta la route du regard, se tourna vers elle, et remarqua sur son visage cette expression si particulière qu'elle avait quand elle essayait de refouler ses émotions.

— Mon père ne commet pas ce genre d'erreur, Jack. Peut-être que ça te semble impossible, mais crois-moi, c'est un homme extrêmement méticuleux. C'est uniquement grâce à cette qualité qu'il a survécu à deux décennies de cambriolages sans se faire prendre.

— Alors, que s'est-il passé ?

— J'avais besoin de lire les rapports pour le comprendre. Il y a dix ans, j'étais trop jeune pour savoir ce qu'il fallait chercher exactement. Mais ce n'est plus le cas, à présent. J'avais besoin de voir l'emplacement de cette alarme pour comprendre s'il était possible qu'il y ait eu un accident.

— Et alors ?

— Mon père a actionné cette alarme intentionnellement, après avoir foré le coffre-fort.

— Es-tu en train de me dire qu'il voulait se faire prendre ?

Elle hocha la tête.

— Oui.

— Pourquoi ?

— Il voulait que tous les membres de son équipe prennent leur retraite.

— Il n'était pas obligé d'aller en prison pour ça !

Elle tourna la tête vers la vitre, et regarda l'aube se lever dans le ciel. Mais Jack voyait la peine se peindre sur son beau visage, même de profil.

— Il voulait être sûr qu'aucun d'entre nous n'envisagerait de continuer sans lui.

— Et le fait de le voir en prison vous a convaincus ?

— Oui.

Ainsi, Duke avait agi pour le bien de ceux qu'il aimait...

Le silence tomba dans l'habitacle, lourd de révélations difficiles à absorber d'un coup, surtout après être resté éveillé toute la nuit. Jack conduisait à travers les rues sombres, éclairées, ça et là, par les phares des voitures qu'ils croisaient.

Il se demanda comment elle allait supporter la situation, maintenant que ses doutes étaient confirmés. Il savait

192

pertinemment qu'elle n'avait pas encore expliqué à Duke comment ils s'étaient rencontrés.

— Lorsque tu parleras à ton père de cette alarme, lui diras-tu que j'étais présent, cette nuit-là ?

— Je n'ai pas besoin de le lui dire. Il le sait déjà.

Jack fronça les sourcils, et elle se tourna vers lui, l'air épuisé.

— Une autre erreur due à mon inexpérience, dit-elle. Le document que je viens de lire indiquait la position des caméras de surveillance en circuit fermé.

— J'avais remarqué. Mais les cassettes n'ont jamais été confisquées.

— Opale les a prises afin qu'aucun de nous ne soit identifié. Je n'y avais pas encore songé, mais il y avait une caméra sur la porte de l'entrepôt.

En y réfléchissant, il sut qu'elle avait raison.

— Donc, il y avait une caméra dirigée sur nous, dans cette entrée.

Elle hocha la tête.

— Qu'est devenue cette cassette ?

— Habituellement, Paule et Eddie détruisaient ce genre de preuves juste après les cambriolages. Ont-ils considéré que celle-ci était différente, à cause de l'arrestation de mon père ? Je n'en sais rien. Mais peu importe. Opale a dû la visionner, et je parie qu'elle t'a reconnu.

Si Mallory avait raison, alors la réaction de Duke à sa présence dans l'entrepôt, ce soir-là, ne constituait plus un problème… Il n'eut pas le temps de savourer ce que pouvait représenter cette idée.

— Où m'emmènes-tu ? demanda soudain Mallory.

— Chez moi. Nous nous occuperons de ton appartement demain. Pour l'instant, nous avons tous les deux besoin de dormir, et nous allons le faire dans mon lit.

Jack se dit qu'elle partageait probablement son avis car elle s'était calée contre l'appui-tête, et demeurait silencieuse.

Il se tourna vers elle.

— Je suis là, Mallory. Pour toi.

15.

Mallory savait que Jack ne ferait jamais aucune promesse sans être sûr de lui. Il était attentionné et voulait prendre soin d'elle. C'était évident, rien qu'à la façon dont il s'était glissé dans sa vie.

Jusque-là, elle n'avait pas voulu savoir où il vivait. Elle préférait garder un maximum de distance entre eux, dans l'espoir de mieux maîtriser ses émotions.

Ce soir, pourtant, elle était prête à lâcher prise et à s'en remettre à lui. A quoi bon continuer à combattre ses propres sentiments ?

Le temps était venu de prendre des décisions. Il fallait qu'elle sache ce qu'elle comptait réellement faire avec Jack, puis, d'ici quelques heures, lorsque le soleil se lèverait, elle devrait aussi affronter son père et parler avec lui de ce geste insensé qu'il avait commis, dix ans plus tôt. Ensuite, il lui faudrait trouver le courage de faire face à Paul et aux membres de l'équipe, lorsqu'ils auraient découvert qu'elle avait jeté Lance en pâture aux loups.

Comment lutter contre ses sentiments pour Jack, alors que le bonheur d'être dans ses bras était exactement celui après lequel elle courait depuis toujours ?

Oui, le temps était venu.

La maison de Jack était très différente de ce qu'elle avait imaginé. C'était une merveille contemporaine, avec de très hautes fenêtres qui donnaient sur un espace sauvegardé. Même dans l'obscurité, elle semblait avoir sa propre personnalité. Cette maison lui plaisait beaucoup.

Les rayons de l'aube traverseraient les murs de verre, apportant une douce clarté, tandis que le soleil de la mi-journée offrirait sa lumière intense. Le crépuscule, lui, enchanterait l'intérieur d'une nuance éthérée. Pour l'instant, les dernières étoiles de la nuit éclairaient le ciel, et les pièces étaient plongées dans l'obscurité.

Ils montèrent à l'étage, dans la chambre de Jack.

Mallory s'approcha de la fenêtre et regarda à l'extérieur. Jack la rejoignit et se tint derrière elle. Passant ses bras autour d'elle, il posa son menton sur le sommet de sa tête et regarda avec elle les dernières lumières de la nuit s'évanouir.

C'était un moment de complicité, une accalmie au milieu d'une nuit riche en événements… Soudain, une question traversa l'esprit de la jeune femme.

— Tu as perdu ton travail, cette nuit-là, Jack. Ce que tu as fait par la suite est très différent de la carrière que tu envisageais chez Innovative. Tu m'en as voulu ?

Jack inspira profondément.

— Au début, oui, reconnut-il. Je n'ai pas pu continuer mon stage et j'ai perdu ma bourse d'étudiant. Pour la première fois de ma vie, je ne savais pas quoi faire.

Il haussa les épaules.

— Par contre, j'ai beaucoup appris. J'ai mesuré, notamment, à quel point ma vie avait été facile, jusque-là. J'ai pris conscience que je m'étais montré inflexible… Oui, j'ai commencé par t'en vouloir, mais, après quelque temps, j'ai compris que notre rencontre était ce dont j'avais besoin. Néanmoins, je pensais que tu me devais une faveur lorsque je t'ai envoyé ma proposition.

— J'avais parfaitement compris. Mais, si j'ai accepté ton offre, c'est parce que je pensais, de mon côté, que *toi* tu me devais quelque chose.

— J'imagine que c'est pour ça que tu m'as fait un strip-tease dans ta salle de bains.

— C'était un test. Je voulais savoir quel homme tu étais devenu.

— Tu pensais que je serais incapable de te résister, n'est-ce pas ?

— D'après moi, c'était tout l'un ou tout l'autre : soit tu me sautais dessus, soit tu prenais la fuite.

Jack se mit à rire.

— Je n'allais pas refuser une telle invitation !

— Je t'ai placé dans une situation difficile, et tu t'en es plutôt bien sorti.

— Donc, tu as changé d'avis sur moi. Vas-tu jusqu'à penser que je suis doué au lit et que je fais un excellent grimpeur ?

— En ce qui concerne l'escalade, tu es un véritable cauchemar. Je n'arrive toujours pas à croire que tu as actionné l'alarme chez Eddie, ce soir.

— Et moi, je n'arrive pas à croire que tu ne l'aies pas actionnée. Quand je pense à ce que tu m'as fait…

— En tout cas, c'est vrai : au lit, tu es plutôt doué.

— Hmm, amant exceptionnel mais mauvais grimpeur. Je crois que je pourrai survivre à ça.

Voilà, songea-t-elle, il avait réussi à amener la conversation exactement où il le souhaitait.

— Je crois que nous nous sommes autant amusés l'un que l'autre à nous défier mutuellement.

— Oh, vraiment ? Quand et comment t'ai-je mise au défi ?

— Tu essaies toujours de m'obliger à réfléchir à notre relation.

Il resserra ses bras autour d'elle.

— Tu as remarqué ?

— Oui.

— Je pensais que c'était normal de te dire ce que je ressentais. Plus nous passons de temps ensemble, plus je suis convaincu que nous avons un avenir.

— Qu'attends-tu exactement de moi, Jack ?

— Tu veux la vérité ?

— Oui, s'il te plaît.

A présent, elle était prête à l'entendre.

— Je veux que tu nous laisses une chance. Je veux que tu viennes travailler avec moi à TSS et que tu distilles tes connaissances dans chaque système que je mettrai sur le marché. Je veux vivre avec toi. Peu m'importe où. Et je veux que tu m'aimes, Mallory.

Il baissa la tête vers elle, jusqu'à ce que leurs joues soient l'une contre l'autre, et elle sentit son souffle tout contre sa peau.

— Tu as l'air convaincu que je t'aime déjà, dit-elle d'une voix hésitante.

Il rit.

— C'est le cas, même si tu ne l'as pas encore accepté. C'est tellement évident, si on considère l'alchimie de nos corps et le fait que nous puissions rester ensemble vingt-quatre heures sur vingt-quatre sans nous taper sur les nerfs un seul instant. D'ailleurs, si tu ne m'aimais pas, pour quelle raison aurais-tu essayé de me repousser avec autant d'ardeur ?

Elle fut incapable de répondre.

— Laisse-moi faire partie de ta vie, insista Jack. Tu ne le regretteras pas.

— Nous venons de deux mondes si différents.

— En es-tu certaine ? Tu as refusé de découvrir le mien.

C'était vrai et, soudain, elle eut un peu honte. Elle n'avait rien voulu savoir de sa vie.

— Je ne sais même pas comment faire pour te laisser entrer dans ma vie, dit-elle honnêtement. Mon cœur s'est refermé, il y a déjà bien longtemps. Je ne l'ai véritablement compris que ce soir, lorsque j'ai regardé Lance partir dans le car de police.

— Tu peux tout changer si tu as confiance. Peut-être as-tu fermé ton cœur, à une certaine époque, afin de ne plus souffrir, mais regarde combien tu te soucies des gens que tu aimes et combien d'amour tu reçois en retour. Si tu m'ouvres ton cœur, ce sera pareil. C'est tout simple. Aie confiance en moi.

Elle avait confiance en lui. Parce qu'il ne mentait pas et ne lui infligeait aucune pression. Il ne lui demandait que ce qu'elle était capable de donner. Il n'attendait aucune promesse, aucune garantie. Tout ce qu'il désirait, c'était une véritable chance.

— Je t'aime, Mallory.

Glissant sa main sur ses épaules, il la força à se retourner, et la sincérité qu'elle lut sur son visage lui donna envie de connaître cet avenir auquel elle avait eu si peur de croire.

Elle avait besoin de sentir ses mains sur elle, de sentir sa force et sa puissance.

— Emmène-moi au lit, Jack. Fais-moi l'amour.

Sans ajouter un seul mot, il la prit dans ses bras et répondit à sa demande.

Quand Mallory ouvrit les yeux, le soleil entrait à flots par les fenêtres. Elle se frotta les yeux et, avant même d'avoir le temps de songer aux changements qui étaient intervenus durant la nuit, elle entendit plus distinctement ce qui l'avait réveillée : des voix.

— Jack, réveille-toi ! dit-elle en lui secouant l'épaule. Il y a plusieurs personnes, en bas.

Les yeux encore lourds de sommeil, Jack s'assit dans le lit.

— Est-ce que tes amis connaissent le code de ton système de sécurité ?

— Seulement mes parents.

— Eh bien, on dirait qu'ils sont là.

Soudain, elle entendit une voix féminine qui lui était familière, ainsi qu'un rire. Ça ne pouvait tout de même pas être… *Opale* ?

Apparemment, Jack reconnut la voix, lui aussi, parce qu'il bondit du lit et disparut dans le couloir.

Puis il revint, quelques secondes plus tard, et annonça :

— Opale, ton père et mes parents.

Devant le regard étonné de la jeune femme, il traversa la chambre, prit un peignoir dans la salle de bains et le lui tendit.

— Dépêche-toi, chérie !

Il se dirigea ensuite vers son armoire, et s'habilla.

Son père, Opale, et… les parents de Jack ?

Ils descendirent l'escalier, et Mallory sentit son cœur tambouriner dans sa poitrine, tandis qu'ils se penchaient par-dessus la balustrade pour voir ce qui se passait.

— Ils sont dans la salle à manger, chuchota Jack.

Un éclat de rire confirma à Mallory que son père faisait partie des invités inattendus, mais, avant même qu'elle ne puisse demander à Jack comment son père et Opale étaient arrivés dans sa salle à manger, quelqu'un sonna à la porte.

Des talons résonnèrent sur le plancher, et Mallory voulut battre en retraite, mais, soudain, une agréable voix féminine s'éleva.

— Les enfants sont réveillés !

Une femme impeccablement vêtue, aux cheveux mordorés et au teint bronzé, qui semblait bien être la mère de Jack, apparut au pied de l'escalier.

— Bonjour, Jack ! Nous avons des invités. J'espère que ça ne te dérange pas.

Elle tendit la joue pour qu'il l'embrasse.

— Vous devez être Mallory.

Elle lui sourit chaleureusement, et Mallory remarqua aussitôt que son sourire ressemblait fort à celui de son fils.

— Je suis Rosalie. La mère de Jack. Je suis ravie de vous rencontrer enfin. Nous avons tellement entendu parler de vous !

Abasourdie, Mallory plaqua un sourire sur ses lèvres.

— Jack vous a parlé de moi ?

— Oui, ainsi que votre père, Opale et vos amis.

La jeune femme ne savait plus que répondre.

— Ravie de vous rencontrer, Rosalie.

Heureusement, la sonnette de l'entrée interrompit leur conversation. Jack alla ouvrir la porte, et Paul apparut sur le seuil, un sac de viennoiseries à la main.

— Ai-je raté le brunch ?

— Pas du tout ! Vous êtes parfaitement à l'heure, Paul, dit Rosalie, comme s'ils étaient de vieux amis. Je vous en prie, entrez.

Paul jeta un coup d'œil à Mallory, et elle se força à le regarder droit dans les yeux, malgré les battements de son cœur qui résonnaient de plus belle dans sa poitrine.

Paul tendit son sac à Rosalie, et se dirigea droit vers Mallory. Il lui tendit la main, et l'obligea à descendre les dernières marches. Puis il la prit dans ses bras.

— Tu as fait ce qu'il fallait, dit-il d'une voix bourrue. N'en doute pas un seul instant.

— Comment va-t-il ?

— Ça va aller. Le lieutenant Dunkel m'a dit que tu avais discuté avec lui. Il va recommander au juge de prescrire un traitement à Lance. Il se sent si mal, Mallory… Je pense qu'il va coopérer. Tout se terminera pour le mieux, tu verras.

Elle le serra fort dans ses bras, et dut refouler les larmes qui lui montaient aux yeux lorsqu'il la relâcha et tendit la main à Jack.

— Merci pour votre aide.

Vu la gravité de l'instant, Jack ne répondit rien, se contentant de serrer la main de Jack.

— Venez, Paul, allons manger quelque chose ! dit Rosalie. Vous aussi, les enfants ! Jack, ton père a préparé son omelette

202

« spécial western ». Et Eddie, ses pommes de terre rissolées qui sont tout simplement délicieuses.

Elle entraîna Paul avec elle, et Mallory les regarda s'éloigner, interloquée.

— Comment diable connaît-elle Paul ? demanda-t-elle. Et qu'est-ce que c'est que cette histoire d'omelette western ?

— C'est une spécialité de mon père. Il en prépare souvent, durant les vacances.

— Oh !

Soudain, Mallory entendit un autre rire venant de la salle à manger.

— Bon, je crois que je ferais mieux d'aller m'habiller.

Environ dix minutes plus tard, elle fit son apparition dans la salle à manger. La vue que l'on y avait était spectaculaire.

Dans la cuisine attenante, Eddie était en train de cuisiner, en compagnie d'un homme, qui ne pouvait être que le père de Jack.

Eddie sourit à la jeune femme.

— Bonjour, ma belle. Alors, il paraît que tu as eu une nuit riche en événements ?

— Si tu savais !

— Bonjour, Mallory. Je suis John.

Ses yeux étaient d'un bleu profond, et elle y reconnut la même chaleur que dans ceux de Jack.

— Ravie de vous rencontrer, monsieur.

Tous les autres étaient assis autour d'une grande table en chêne : son père, Opale, Paul et Rosalie. Ils étaient en train de boire du café et de savourer ce qui ressemblait fort à un gigantesque brunch.

— Bonjour, dit-elle.

Son père se leva. Elle salua Opale et la mère de Jack d'un sourire, avant de se diriger vers lui.

— Alors, tu es au courant ?

Il se contenta de hocher la tête, mais son regard parlait pour lui, lui disant combien il était désolé qu'elle ait dû affronter cette situation toute seule, et combien il approuvait le difficile choix qu'elle avait dû faire.

— Tout va bien, ma chérie ? demanda Opale.

Elle regarda Paul qui la salua en levant sa tasse vers elle.

— Je vais bien.

Son père lui fit une place à côté de Jack.

— Viens t'asseoir avec nous. Nous formons une grande et heureuse famille. Tu es surprise ?

« Quel euphémisme ! » songea Mallory en souriant.

Eddie revint avec une tasse de café qu'il lui tendit et qu'elle accepta avec plaisir.

— Comment les membres de cette *grande et heureuse famille* ont-ils réussi à faire connaissance ? demanda-t-elle.

— Jack nous a parlé de votre rencontre, dit Rosalie. Il souhaitait que nous rencontrions votre famille et vos amis.

— Ah, vraiment ? C'était ce qu'il souhaitait ?

Jack hocha la tête.

— Oui.

— John et Rosalie nous ont appelés, et nous avons décidé d'aller prendre un verre à mon club, ajouta Duke. Etant donné les circonstances cela me semblait approprié. Je devais, au moins, leur présenter mes excuses pour tous les soucis que nous avons causés à Jack, il y a dix ans.

Mallory sirota une gorgée de café.

— Quand as-tu compris qui il était ?

— Ce n'est pas moi qui l'ai découvert, mais Opale, après l'avoir rencontré chez toi.

204

Elle jeta un regard significatif à Jack.

— Je te l'avais bien dit ! chuchota-t-elle avant de se tourner vers Opale.

— Alors, c'est toi la coupable ! lui dit-elle.

Opale sourit.

— Eh oui, ma chérie. Tu sais bien que je n'oublie jamais un visage, surtout celui d'un homme aussi mignon.

— Pourtant, je t'avais demandé de m'aider à éloigner papa de ma vie privée.

— J'ai essayé, dit Opale en soupirant, mais tu sais comment il est : il aime faire les choses à sa façon. Quoi qu'il en soit, nous avons commencé à faire connaissance avec les parents de Jack.

— Et nous, nous sommes toujours ravis de connaître les amis de Jack, dit Rosalie en lui souriant.

Mallory comprit le sous-entendu. Pour Rosalie, peu importait le passé ou les différents modes de vie qu'ils avaient connus. C'était ce qu'elle voulait lui faire comprendre. Le père de Jack hocha la tête pour appuyer les dires de sa femme, et tous trois se sourirent mutuellement. Puis Rosalie regarda son mari d'un air si amoureux que Mallory comprit enfin pourquoi Jack croyait aux âmes sœurs.

Jack lui caressa le genou sous la table, et se pencha vers elle.

— Je te l'avais bien dit, chuchota-t-il à son tour.

— En fait, j'ai quand même une question, Jack, dit Mallory d'un ton ferme. Pourquoi as-tu suggéré à nos parents de se rencontrer ?

Jack étala un peu de fromage fondu sur une tartine avec ce calme qui le caractérisait.

— Tu mettais tellement de barrières entre nous... et tu ne voulais même pas dire à ton père qui j'étais. Je savais que je n'aurais aucune chance avec toi sans le support de ta famille et de tes amis. Et, pour avoir leur aide, il me fallait d'abord celle de mes parents.

— Tout comme votre père, nous aussi voulons des petits-enfants, dit Rosalie. Alors, quand Jack nous a appris qu'il avait enfin rencontré la femme de sa vie, nous avons décidé de faire tout notre possible pour l'aider à la conquérir.

— Et voilà, fillette ! dit Duke en levant sa tasse.

Mallory sentit qu'elle était l'objet de tous les regards. Posant sa tasse, elle se tourna vers Jack.

— Donc, si j'ai bien compris, pendant que je t'entraînais pour remplir au mieux notre contrat, toi, tu complotais contre moi. C'est bien ça ?

— Ce n'était pas vraiment un complot. J'avais besoin d'aide, c'est tout.

Jack se pencha vers elle, et elle sentit les battements de son cœur s'accélérer.

— Laisse-moi t'aimer, chuchota-t-il à son oreille.

Ses paroles étaient si simples et si intimes en même temps qu'elle se sentit rougir.

Son père se mit à rire.

— Eh bien, ma puce, je ne crois pas t'avoir jamais vue rougir.

— Oh, c'est si romantique ! dit Opale en poussant un profond soupir.

Jack se tourna vers Eddie, et lui posa des questions sur le système de sécurité de Peachtree Financial, afin de détourner la conversation, car il n'avait pas encore évoqué avec Mallory la possibilité d'avoir des enfants, et il craignait qu'elle ne fût effrayée de voir les choses aller si vite.

Mallory sirotait son café en essayant de reprendre son calme. Les émotions se bousculaient en elle. Pourtant, elle devait encore parler à quelqu'un.

Elle se pencha vers son père.

— Tu as fait exprès d'actionner l'alarme, cette nuit-là, chuchota-t-elle.

Elle croisa son regard chargé d'émotion, et dut retenir ses larmes.

— Tu as compris pourquoi, n'est-ce pas ?

Elle hocha la tête.

Duke se pencha vers elle et lui caressa tendrement la joue.

— Parfait, dit-il doucement. Tout ce que je veux, c'est que tu sois heureuse.

— Eh bien, j'ai une nouvelle à t'annoncer qui va te faire plaisir, lui dit-elle. Jack m'a proposé un poste à TSS. J'ai accepté d'abandonner mon affaire pour travailler avec lui.

— Vraiment ?

— Tu as l'air surpris.

— Je le suis.

— Il m'a offert des stock-options, une couverture maladie très avantageuse et un salaire carrément indécent. J'aurais eu du mal à refuser son offre.

Jack interrompit sa conversation avec Eddie, et se retourna vers elle.

— Ah, vraiment ? J'ai fait ça ?

Elle hocha la tête.

— TSS a besoin de mes talents d'experte. Eddie, tu aurais dû voir cet homme, chez toi, la nuit dernière. Il est tombé juste devant la chambre forte et il a actionné le signal d'alarme.

Eddie se mit à rire.

Jack fronça les sourcils.

— Ce qu'elle ne vous dit pas, c'est qu'elle était responsable de ma chute.

Duke leva les sourcils d'un air sceptique.

— Je veux bien vous croire, Jack, mais rappelez-vous que je vous ai vu sur le mur d'escalade.

A son tour, Jack se mit à rire, et passa un bras autour des épaules de Mallory.

— Vas-y, annonce-leur ton autre surprise.

— Quelle autre surprise ?

Il sourit malicieusement.

— Mallory a accepté de m'épouser, annonça-t-il.

— Oh, vraiment ? J'ai fait ça ? demanda-t-elle à son tour.

— Oui, tu l'as fait.

C'était lui qui avait choisi d'annoncer cette grande nouvelle en public, mais elle songea qu'elle l'y avait incité en révélant elle-même sa décision de travailler avec lui. Regardant autour de la table et guettant les réactions de chacun, elle ne savait plus que dire.

Elle avait accepté de travailler avec lui. Ce matin, dans ses bras, elle avait accepté l'éventualité d'un avenir commun. Pourquoi le mariage n'en ferait-il pas partie ?

— Ma chérie, je suis tellement contente pour toi ! dit Opale.

Ce ne fut pas sa déclaration qui surprit Mallory, mais autre chose.

— Où est ton opale noire ? demanda-t-elle en évoquant la fameuse bague qu'elle avait toujours vue à son doigt.

— Ici, répondit Opale en levant sa main droite.

— Et que portes-tu à la main gauche ?

— Oh, je n'avais pas l'intention d'en parler maintenant. Tu me connais, ma chérie, je ne voulais pas te voler la vedette ! Mais, puisque tu me poses la question…

Elle laissa ses paroles flotter dans l'air, et leva sa main gauche. Un anneau de platine brillait à son doigt. En le tournant, elle révéla un solitaire qui étincela dans la lumière du jour.

Mallory s'empara de sa main et examina la bague.

— C'est le diamant de Mme Mac Gillivray ? Il doit faire environ huit carats.

— Il fait huit carats, confirma Opale fièrement.

— N'avait-elle pas juré de ne jamais s'en séparer ?

— Ce qui m'a brisé le cœur, dit Eddie avec une pointe d'humour, parce que c'était la seule pièce de joaillerie qui valait vraiment le coup, parmi tout ce qu'elle possédait.

— Dès que Mme Mac Gillivray a su que ton père m'avait demandé de l'épouser, *après trente ans de tergiversations*, elle a retiré sa bague et a insisté pour que je la porte. Bien sûr, elle savait que je l'avais toujours admirée.

— Bien sûr ! répéta Duke en souriant. Et quand une belle lady veut quelque chose…

— La *belle lady* veut une cérémonie de mariage intime et une lune de miel de grand luxe, déclara Opale d'un ton catégorique. Je l'ai bien mérité, il me semble.

Duke hocha la tête.

— C'est certain, ma beauté.

Avant que Mallory n'ait le temps de réagir à cette nouvelle, Rosalie prit la parole.

— Nous avons évoqué, avec Duke et Opale, la croisière que tu nous offres pour notre anniversaire, Jack, et nous avons finalement décidé de partir tous ensemble.

— Pour votre anniversaire de mariage ?

John hocha la tête.

— Tu sais comment ça se passe, durant ces croisières ! C'est bien plus drôle si tu connais déjà quelqu'un à bord.

Rosalie acquiesça.

— D'autant plus que j'ai l'intention d'aller m'amuser au casino. Or, ton père a toujours refusé de m'y accompagner. Et Opale est comme moi : elle adore ça !

— A votre avenir, papa ! dit Mallory en leur envoyant un baiser, à lui et à Opale.

Elle ne leur dirait pas à quel point elle était heureuse que Opale devienne officiellement sa belle-mère, parce qu'elle savait que l'intéressée n'apprécierait pas vraiment ce titre, même si c'était une fonction qu'elle avait exercée depuis bien des années.

Jack lui prit la main sous la table et, tandis qu'ils écoutaient leurs familles respectives faire des plans pour les prochains mariages, anniversaires et lunes de miel, Mallory croisa son regard et sentit un frisson d'excitation la parcourir.

Aimer cet homme serait le plus grand challenge de sa vie. Cela faisait dix ans qu'elle le voulait et, à présent, il était à elle.

Pour toujours.

Épilogue

Le baiser. Dix jours plus tard.

Les mouvements de Mallory étaient fluides et langoureux, comme ceux d'une parade amoureuse. Les courbes douces de son corps épousaient la corde dont elle se servait pour descendre lentement le long du mur. Elle était entièrement vêtue de noir, de sa combinaison moulante jusqu'à ses bottes de cuir souple.

A présent, elle était sa femme, et l'effet qu'elle avait sur lui était toujours aussi puissant, songea Jack.

Il se tenait contre la porte de l'entrepôt de l'Atlanta Safe Exchange. Mallory était son fantasme enfin devenu réalité.

Il retint son souffle, et l'observa, tandis qu'elle s'engouffrait dans un mince passage au milieu des détecteurs de présence.

En continuant à s'entraîner pendant une bonne dizaine d'années, peut-être serait-il capable de contrôler ses mouvements aussi bien qu'elle ? Pour l'instant, il se contentait d'admirer son habileté, et se félicitait de sa propre ingéniosité. En effet, il avait mis au point un système de sécurité qui rendait

211

impossible, pour tout cambrioleur n'ayant pas la compétence de Mallory, de traverser les nombreux faisceaux infrarouges positionnés sur le chemin de la chambre forte.

Sa femme avait été si impressionnée par la mise en place des différents capteurs qu'elle avait préféré se limiter à la simple observation. Il avait accepté, comprenant qu'elle ne voulût surtout pas risquer de mettre en jeu son taux de réussite dans la dernière opération qu'elle menait pour son compte.

La confiance n'était plus un problème entre eux. Mallory s'était engagée avec lui. Il était ravi du tournant que sa vie avait pris, et plein d'espoir concernant sa future venue à TSS.

Les négociations concernant son futur poste avaient déjà commencé. S'il était d'accord pour les stock-options et l'assurance, le salaire qu'elle lui demandait était carrément… exorbitant. Néanmoins, il était impatient de reprendre les négociations parce que ce genre de discussion se terminait toujours au lit. Ou contre une porte. Ou à n'importe quel autre endroit où il pouvait lui prouver son désir.

Et à quel point il l'aimait.

Les premières négociations de leur vie personnelle avaient concerné la date de leur mariage qui aurait lieu d'ici trois mois, ce qui laissait suffisamment de temps à Mallory pour organiser la cérémonie, en accord avec ses belles-mères.

Les deux couples se trouvaient, pour l'instant, en croisière dans les îles tropicales.

La vie semblait clémente pour eux tous, et Jack savait qu'elle serait encore meilleure, une fois que Mallory serait devenue sa femme…

Il l'observa, tandis qu'elle atterrissait sans bruit, souple comme un chat. Elle se tenait tout près de lui, et seul l'entrecroisement des faisceaux lumineux les séparait. Soudain, entre plusieurs rayons, il remarqua un petit espace parfait pour… Il passa sa main à travers un triangle d'espace libre entre les rayons, et toucha le visage de Mallory.

— Jack ! lança-t-elle, surprise.

— Ne bouge plus un seul muscle ou tu perturberas les capteurs, et l'alarme se mettra en marche.

Il fut surpris et ravi de constater qu'il avait réussi à l'inquiéter. Sa poitrine se souleva au rythme de sa respiration, tandis qu'il se penchait vers elle très lentement.

Puis il posa sa bouche sur la sienne. Son propre cœur se mit à battre plus vite, tandis qu'il déposait un baiser sur ses lèvres.

Un baiser qui lui confirmait qu'elle avait fait le bon choix en se laissant aller à l'aimer.

Elle était sa collaboratrice.

Sa femme.

Son amour.

La voleuse qui lui avait ravi son cœur.

Le nouveau visage
de la collection Or

◆

AMOURS D'AUJOURD'HUI

Afin de mieux exprimer sa modernité et de vous séduire encore davantage, votre collection Or a changé de couverture et de nom depuis le 1er mars 1995.

Rassurez-vous, les romans, eux, ne changent pas, et vous pourrez retrouver dans la collection **Amours d'Aujourd'hui** tous vos auteurs préférés.

Comme chaque mois, en effet, vous y attendent des héros d'aujourd'hui, aux prises avec des passions fortes et des situations difficiles...

COLLECTION
AMOURS D'AUJOURD'HUI :
Quand l'amour guérit des blessures de la vie...

Chère lectrice,

Vous nous êtes fidèle depuis longtemps?
Vous venez de faire notre connaissance?

C'est pour votre plaisir que nous avons
imaginé un rendez-vous chaque mois
avec vos auteurs préférés, vos
AUTEURS VEDETTE dans les
collections Azur et Horizon.

Les AUTEURS VEDETTE vous
donneront rendez-vous pour de
nouveaux livres vedette.

Pour les reconnaître, cherchez
l'étoile... Elle vous guidera!

Éditions Harlequin

AUT-R-R

HARLEQUIN

LE FORUM DES LECTEURS ET LECTRICES

CHERS(ES) LECTEURS ET LECTRICES,

VOUS NOUS ETES FIDÈLES DEPUIS LONGTEMPS?

VOUS VENEZ DE FAIRE NOTRE CONNAISSANCE?

SI VOUS AVEZ DES COMMENTAIRES, DES CRITIQUES À
FORMULER, DES SUGGESTIONS À OFFRIR, N'HÉSITEZ
PAS... ÉCRIVEZ-NOUS À:

LES ENTERPRISES HARLEQUIN LTÉE.
498 RUE ODILE
FABREVILLE, LAVAL, QUÉBEC.
H7R 5X1

C'EST AVEC VOS PRÉCIEUX COMMENTAIRES QUE NOUS
ALLONS POUVOIR MIEUX VOUS SERVIR.

DE PLUS, SI VOUS DÉSIREZ RECEVOIR UNE OU
PLUSIEURS DE VOS SÉRIES HARLEQUIN PRÉFÉRÉE(S)
À VOTRE DOMICILE, NE TARDEZ PAS À CONTACTER LE
SERVICE D'ABONNEMENT; EN APPELANT AU
(514) 875-4444 (RÉGION DE MONTRÉAL) OU 1-800-667-4444
(EXTÉRIEUR DE MONTRÉAL) OU TÉLÉCOPIEUR
(514) 523-4444 OU COURRIER ELECTRONIQUE:
AQCOURRIER@ABONNEMENT.QC.CA OU EN ÉCRIVANT À:

ABONNEMENT QUÉBEC
525 RUE LOUIS-PASTEUR
BOUCHERVILLE, QUÉBEC
J4B 8E7

MERCI, À L'AVANCE, DE VOTRE COOPÉRATION.

BONNE LECTURE.

HARLEQUIN.

VOTRE PASSEPORT POUR LE MONDE DE L'AMOUR.

COLLECTION HORIZON

Des histoires d'amour romantiques qui vous mènent au bout du monde!

Découvrez la passion et les vives émotions qu'apportent à la Collection Horizon des auteurs de renommée internationale!

Captivantes, voire irrésistibles, ces histoires d'amour vous iront assurément droit au coeur.

Surveillez nos trois nouveaux titres chaque mois!

GEN-H-R

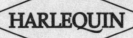

HARLEQUIN

COLLECTION
ROUGE PASSION

- Des héroïnes émancipées.
- Des héros qui savent aimer.
- Des situations modernes et réalistes.
- Des histoires d'amour sensuelles et provocantes.

LAISSEZ-VOUS TENTER
par 3 titres irrésistibles
chaque mois.

RP-1-R